智慧公主马小岚前传 8

认识真正的自己

麦晓帆 马翠萝 著

全国百佳图书出版单位

化学工业出版社

·北京·

刑侦三人组 3　最后上线时间　麦晓帆著
ISBN 978-962-923-469-0

本书为山边出版社有限公司授权化学工业出版社有限公司的中国大陆地区（不包括中国台湾、香港及澳门地区）的中文简体字版本，仅限于在中国大陆地区（不包括中国台湾、香港及澳门地区）发行销售。

未经许可，不得以任何方式复制或抄袭本书的任何部分，违者必究。

北京市版权局著作权合同登记号：01-2021-1965

图书在版编目(CIP)数据

智慧公主马小岚前传 . 8，认识真正的自己 / 麦晓帆，马翠萝著 . —北京：化学工业出版社，2021.6
ISBN 978-7-122-38685-4

Ⅰ . ①智… Ⅱ . ①麦… ②马… Ⅲ . ①儿童故事-图画故事-中国-当代 Ⅳ . ① I287.8

中国版本图书馆 CIP 数据核字（2021）第 042905 号

责任编辑：刘亚琦	美术编辑：关　飞	绘　图：疾风翼
责任校对：边　涛	装帧设计：进　子	

出版发行：化学工业出版社（北京市东城区青年湖南街 13 号　邮政编码 100011）
印　　装：大厂聚鑫印刷有限责任公司
880mm×1230mm　1/32　印张 5½　2021 年 7 月北京第 1 版第 1 次印刷

购书咨询：010-64518888　　　　　　　　售后服务：010-64518899
网　　址：http://www.cip.com.cn
凡购买本书，如有缺损质量问题，本社销售中心负责调换。

定　　价：19.80 元　　　　　　　　　　　　版权所有　违者必究

侦探档案

性格：聪明能干、勇敢善良
爱好：喜欢寻根究底、解难破案

表面是一个乖巧、低调的普通小女生，实则是大名鼎鼎的校园侦探、警方刑事侦查的资深顾问。拥有极佳的思考判断能力，推理细致严密，常常依靠自身敏感而精准的破案灵感，破解事件真相。

马小岚

性格：外向热情、脾气火暴
爱好：搜集所有跟潮流有关的信息

马小岚最好的朋友、同学兼邻居，拥有模特儿般的身高、明星般的甜美外貌，是个锋芒毕露的漂亮女生。对潮流有非常敏锐的嗅觉，随时保证自己站在时尚的最前沿，不过，学习成绩相当令人担心。

晓晴

性格：热情大胆、行事夸张
爱好：恶作剧、喂养宠物猪

晓晴的弟弟，天资聪颖，成绩优异，连跳两级，现与姐姐、小岚就读同一班。唯恐天下不乱，常常制造各种耸人听闻的捣蛋事件，是一个令人头痛的"熊孩子"。从小喜欢看侦探小说，幻想自己是一个大侦探，自封为小岚的得力助手。

晓星

序　幕		1
第1章	谁来做口头报告	9
第2章	消失无踪的朋友	25
第3章	细说当年案	47
第4章	深入调查	65
第5章	在这美丽的一天	94

第 6 章 显示为离线 116

第 7 章 错误的正义 137

第 8 章 让人刮目相看的陈诺行 158

第 9 章 一宗令人费解的案件 164

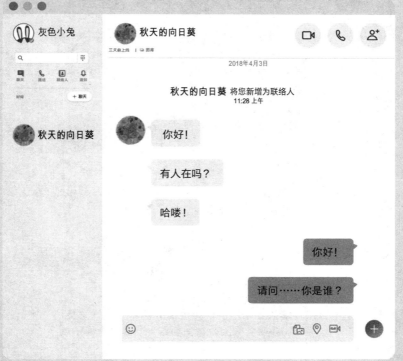

请问……我忘了介绍,我是火星人,现在要来统治地球,你们人类有十秒时间弃械投降。现在倒数,10……9……你是谁?

什么?

 哈哈,开个玩笑,我不是火星人啦(废话)。

我只是一个和你年纪差不多的女孩子,我在寻找朋友时无意中见到你的名字,所以便把你加为联络人了。

嗯,很高兴认识你。

 啊,我没有打扰你吧?你不会是正在干一些很重要的事吧?吃饭?做功课?驾飞船?

没有啊,我只是在上网。

 咦,真的?太巧了,我也在上网呢!(咳)这么明显的事实,我为什么要问你,我真是个呆子。

　　　　　　　　　　　　　　　嘻嘻，你真有趣。

 我其实并不有趣，我是个很严肃的人。看，这是我认真的脸。

　　　　　　　　　　　　哈哈，你真逗！……很高兴认识你。

 我也很高兴你高兴认识我，我也希望你会很高兴我很高兴你很高兴认识我，你也是吗？

　　　　　　　　　　　　　　　嗯，应该是吧？

 我不会吓着你吧？对不起啦，我的性格就是这样古怪。

　　　　　　　　当然不会，我还希望有人能主动和我聊天呢！

 那就好。噢，对了，你喜欢什么乐队吗？喜欢看什么电视剧？经常到哪儿玩？

> 这个,很对不起,其实我很少听音乐和看电视剧……

我接受你的道歉!噢,你干吗要道歉……那么你平时喜欢做些什么?

> 我喜欢上网,到处看别人的网络日记、看看八卦新闻,偶尔也会像现在这样在QQ上和网友聊天。

哦?别介意我这样问,你平时都不出去吗?

> 出去?

我是指,和朋友出去唱唱歌啦、逛商场啦、看电影啦……

> 嗯,其实我没有什么朋友。

不会吧?为什么呢?能告诉向日葵姐姐吗?当然你不想讲也没问题,我们可以改谈物理学相对论。

没关系，我当然能告诉你，我只怕你知道后，会不喜欢我。

怎么可能？我绝对不会不喜欢你的啊！当然，如果你讨厌刘德华，那就是另一回事了，我是他粉丝。

他也是我的偶像呢，不过，我想告诉你的是另一件事。

好吧！好了，我已经正襟危坐，很认真地听着——请说。

其实我患有社交焦虑症，这就是我交不了朋友的原因。

啊？不会吧，那是什么病呢？

就是……我会很害怕和别人说话，和别人对话时会非常紧张，一个字也说不出来。

这听起来不过就是害羞而已嘛，这也算病的话，那我每天都要听一遍刘德华的歌，这也算强迫症了？

不！是真的。医生说这是一种叫什么"选择性缄默症"的疾病，我和爸爸妈妈谈话时就很正常，但当我和学校的同学说话时，就会紧张得哑口无言，说话像喉咙被堵住一样，连我也不知道为什么。

 嗯，我真心希望你的病会很快好转。

这个，可能永远都不会好转了，医生说换一下环境、认识一些新朋友可能会有帮助，而这也是我在不久之前转校的原因。不过可惜我仍然无法克服这一切，在新同学面前完全不敢说话，结果他们都把我当怪物来看待呢，我还知道他们在背后说我是个哑巴，我真是太失败了。

 嘿嘿嘿，别这样说！你都说了，这是病嘛，是他们不懂得体谅你而已。

谢谢你，不过我想这是无法改变的了。

不会啊!你现在不就正在和我聊天吗?在我看来,你显得再正常不过了。

那是因为我只是在打字。不知道为什么,虽然我说话时会很紧张,但用文字来交流聊天,却没有什么问题。

这就是了!你并不是不懂得与人相处,而是害怕和人面对面接触而已,只是个小小的心理障碍。

真的?你真的这样想吗?

当然了。你应该先通过文字来多练习,然后慢慢地发展到直接对话,我相信你一定能逐渐克服的。

我不知道自己能不能办得到。

不用怕,我来帮你。

你会帮我?

是啊,从现在开始你和我在网上多用文字聊天吧。告诉我每天发生的事,你对生活中事情的看法,然后自己把这些文字通过口述的方式来重复一遍。就这样慢慢地适应讲话的感觉,很快,你就会发现,跟其他人谈话并不是一件可怕的事了。

那实在是太好了。我真不知道该如何感谢你。

这是什么话?朋友之间就应该互相帮助嘛。

朋友?你愿意和我做朋友?

愿意啊,不过如果你不想就算了。

不!我当然想!

哈哈,开玩笑。这下我们是朋友了,当然,前提是你能忍受我的古怪性格。

我当然不会介意。

不过也请你不要介意我……

第 1 章

谁来做口头报告

现在是早上十点半。

谁也想不到,新年假期刚过一半,便发生了这么一件意外。

马家客厅里的气氛凝重得可怕,只见马小岚和晓晴一人一边坐在长长的沙发上,她们都显得焦虑不安的,不时捶捶胸、跺跺脚,好像在懊恼着什么,又像在等待着什么。

似乎被两人的心情所影响,墙上挂钟的滴答声也变得无精打采起来,越来越慢,慢得简直像停下来了。

"到底还要等多久?"晓晴忍不住开口了,"这等待实在太难熬了。"

认识真正的自己

"唉，都是我的错，"小岚自责地说，"如果不是因为我粗心大意，就不会出事了，这全是我的责任。"

"嘿，别这样。"晓晴安慰道，"这种事谁又会预料到呢？"

"如果挽救不了，我都不知道该怎么办……"

就在这个时候，两人对面的房门突然打开，只见晓星一脸认真地走了出来。

"结果如何？"小岚抢着问道。

晓星叹了一口气，轻轻摇着头，说："对不起，我已经尽力了。"

"啊？"小岚惊叫一声，好像马上要昏倒了。

看见小岚伤心的样子，晓星吐了吐舌头，说："开玩笑，开玩笑！一切顺利，已经度过危险期了，接下来只要好好休养一段时间，应该就会完全康复了。"

小岚听后，转忧为喜，但随即咬牙切齿："臭小孩，你耍我！"

"你开什么玩笑啊？"晓晴怒气冲冲地用手敲着弟弟的头，"你不知道人家小岚有多担心吗？"

"哎呀！"晓星捂着头说，"虽然没事了，但以后还是该小心一点。幸好有我这么一个英俊潇洒天下无敌的电脑神童在，不然你的电脑就肯定没救了——你竟然连杀毒软件都没装，就随便下载来历不明的文档，当然会中毒啦。"

原来刚才小岚那么紧张，是因为她的电脑出问题了。

嗯？你问小岚是谁？

不会吧！你连小岚是谁都不知道？你是刚从火星来到地球的吗？还是个一点不喜欢课外阅读的书呆子？嗯，好吧，我就再介绍一次。

小岚是一个非常特别的女孩子。平日里，她不过是一个普普通通的中学生，做做功课、看看小说、上上网，偶尔睡个懒觉，似乎没有什么与众不同的地方。但是，一到晚上，她就会戴上眼罩、穿上披风，变身成为屡破奇案的超级女英雄——无敌神探，替天行道！而她的两位朋友，晓晴、晓星两姐弟，也会同时变身八卦奇侠和捣蛋超人，协助无敌神探伸张正义！

嘻，先开个玩笑而已。其实没有那么夸张啦。

虽然我们的主角小岚并不会穿上奇怪的衣服满大街捉拿坏人，但她的确是一个连警方都佩服不已的侦探。就拿几个月前发生在科学馆的遗嘱失踪案来当例子，整整一队警员都找不到的遗嘱，她在喝一杯下午茶的时间内就找了出来，还顺便把偷取遗嘱的人抓捕归案。

不过呢，她虽然在破案上很在行，但在摆弄电子设备

认识真正的自己

方面嘛，就不怎么样了，甚至连一些基本常识都不懂……

"我哪里连基本常识都不懂了！"小岚抗议道。

晓星于是问小岚："好吧，如果一个你不认识的人发邮件给你，还附上了一个来历不明的可疑文档。那你应该怎么办呢？答案A，删除；答案B，无视；还是答案C，毫不犹豫立即打开它，而且顺便转寄给所有认识的朋友？"

"嗯……是答案C吗？"小岚有点拿不定主意。

晓晴和晓星两人对望着，无语。

"给她买杀毒软件？"晓晴半晌才说。

"最贵的那一种。"晓星点了点头，"好吧，小岚姐姐，快来看看你电脑里的文档是不是都还健在吧！"

三个人进入小岚的书房，来到晓星刚刚修好的电脑前。

晓星一边用鼠标操作着，一边说："嗯，我替你把操作系统重新安装了一遍，不过在这之前，我把你的所有档案都复制到了另一个硬盘分区内，你看，全部都还在。你在暑假旅行时拍的照片啦、你所写的日记啦、你的音乐和电影档案啦……"

小岚把他手中的鼠标接了过来，打开了另一个档案夹。

"哈，幸好这些资料还在，"她欣慰地说，"如果丢了的话就惨了。"

谁来做口头报告

"这是什么东西?"晓晴看着档案夹里的文档,忍不住问道。

"这个?"小岚道,"这是我之前所搜集的口头报告资料。幸好没有被病毒损坏,不然的话之前的工夫就白费了。"

"口头报告?你是说老师给我们布置的口头报告作业?哎呀,现在假期才放了一半,用不着这么早搜集资料吧?"晓星说。

"这还算早?"小岚反问,"我们要做的东西可多呢!

认识真正的自己

不早点准备的话,到时只会在同学和老师面前出丑。"

"唉,烦人的口头报告!"晓晴则撇着嘴,"不要提这件事好不好,提起就让人郁闷。"

一说到口头报告作业,晓星和晓晴两人立即就唉声叹气起来。

*

天上不会掉馅饼,但倒是经常会掉些功课下来。

话说在假期开始的前一天,高一B班的同学们都高兴得不得了,纷纷在思索接下来的假期该怎么过。没想到在放学铃即将打响的五分钟前,亲爱的班主任美宝老师却送了同学们一份"大礼",以下是案件重演:

"各位同学,假期快要来了,大家高兴不高兴?"美宝老师说。

"高兴!"大家异口同声地喊道。

"虽然在放假,但大家也要记着定期温习功课呢!知不知道?"美宝老师又说。

"知道!"大家应付着说。

"而为了不让你们闲着,我打算给你们一个小小的任务。"美宝老师又说。

"任务?"大家开始有不祥的预感。

"当然,请放心,我是不会要你们做作业的啦。"美宝老师摇了摇头。

"太好了。"大家放下了心头大石。

"但我想你们做一些小小的资料搜集。"美宝老师笑了起来。

"搜集?"感觉大石开始往回飞。

"然后做一些小小的分析。"美宝老师的笑容很灿烂。

"分析?"大石高悬头顶,大事不妙。

"然后在假期后回来为大家做一份口头报告。"美宝老师的笑容更灿烂了。

"口头报告?"大家的心情直接跌进谷底。

"而口头报告的成绩会计算在期末总成绩里。"美宝老师发出了致命一击。

"啊!?"大石落下,压碎了一地的幼小心灵。

美宝老师,你好狠心。

事情大概就是这样了,好好的一个新年大假,却被一份突然出现的任务弄砸了。虽说口头报告的主题不限,只需要用围绕在身边的现象当话题即可,但这肯定不是半天就

可以打发掉的事。这可是个难得的假期啊！晓晴和晓星对此的策略就是——忘记它，只有小岚这个认真过头的学生，才会一早就去搜集资料。

*

"既然我们都在，那正好。"小岚这时说，"我们可以一起来讨论讨论口头报告的主题。"

"当然，我想到了一个主题：论假期作业的合法性。"晓星道。

"我想到了一个更好的——作业如何毁掉我的假期。"晓晴则说。

"正经点。我想还是我来决定主题吧！"小岚没好气地说，"我打算讲这个主题：论互联网对我们生活的影响。"

"啊？为什么要谈这个话题？"晓星问。

"因为这个主题很有趣啊！"小岚答道，"大家没发现吗？我们的生活似乎越来越离不开互联网了。我们通过即时通信软件来聊天，我们通过很多社交网站来结识新朋友，或者来分享生活点滴，甚至上传影片、照片等。很难想象，如果生活中突然没有了互联网会是怎么样的呢！就拿我自己来做例子吧，当电脑坏了后，我就和整个世界脱离了联系，仿佛又聋又盲似的，真的让人很不适应呢。你们能不能提供一些类似的经历？"

"有啊！"晓晴感同身受地说，"昨晚我还和晓星抢电脑来着，我明明要在网站上抢演唱会门票，但我可恶的弟弟却顾着和他的朋友聊天，害我错过了支付时间，哼！"

说着，她还狠狠地瞪了晓星一眼。

"嗯，这很明显和我所谈的主题无关。"小岚还没说完，晓星便抢过了话柄。

"你还好意思说，一天到晚下载电视剧，弄得我上网时慢得不得了。"晓星仰着头，"小心海关派飞虎队来捉你。"

"笨蛋！正规途径下载电视剧供个人使用并不犯法。"晓晴不客气地说。

"你才是个笨蛋！"晓星回嘴道。

"你才是个笨蛋！"

"不！你才是个笨蛋！"

"我才是个笨蛋！"晓晴这时说。

"不！我才是个笨蛋……"晓星话说了一半，"等等。"

"哈，你自己承认了。"晓晴指着他。

看见好好的讨论变成了不着边际的斗嘴，小岚只能深

认识真正的自己

深地叹口气。

看来这份口头报告还是得由她一个人完成了。

为了减轻同学们的工作量，同时也是为了提升合作精神，美宝老师决定让大家分组来完成口头报告，每组大约三至四人，选出一人来当组长，而详细的分工则由组长来决定，例如谁来搜集资料、谁来分析、谁来写讲稿、谁来做演讲者……不过，在以前的小组活动中，小岚都是属于大包大揽的那个人，而晓晴和晓星就负责跷着二郎腿坐在旁边看热闹。

嘿！这次可不能便宜了这两个家伙。小岚心想。

"好啦好啦，你们别离题，来点有建设性的提议好不好？现在宣布分工：我负责搜集资料，晓星负责写讲稿，晓晴的工作则是当演讲者……"

"哎，为什么我要当演讲者啊！"晓晴有点不情愿，因为她当甩手掌柜当惯了。

"姐姐的确不太适合当讲者，她当'港姐'还差不多。"晓星在一旁泼冷水。

"我怎么不适合？！"晓晴怒目圆睁。自己不想干和别人说自己不行那是两回事呢！

"不是吗？你走到台上后，肯定会东拉西扯，一会儿谈八卦娱乐新闻、一会儿谈潮流时装，半天都说不到主题上去。"晓星说着拍拍胸口，"说到演讲者的话，这个神圣的任务当然是由口齿伶俐、聪明能干的我来担当……"

"不能！！"晓晴和小岚异口同声地大叫。

虽然让晓晴来当演讲者的话似乎不太可靠，但由晓星来当演讲者却是万万不能！为什么？如果你了解晓星这个人的话，你就会知道他的存在是整个地球……啊！不，是整个宇宙的不幸。整天喜欢捣蛋就算了，他还不甘于用普通的方式来捣蛋：人家只是放放纸飞机，他就放自带网球发射器的遥控直升机；人家不过在墙上乱涂乱画，他就在墙壁上贴上晓晴的征婚启事；人家最多把别人的手机铃声调到最大，他就把自己的尖叫声录进别人的电话当铃声然后调到最大再更改密码让人连关也关不掉……大约就是这样。所以，为了全宇宙的未来，咳，绝不能让晓星有机会"大展所长"。

让晓星上台做口头报告？恐怕下一刻他就要到警局做口头报告了。

"晓晴上台的话容易变成八卦台，晓星上台的话等于把第一类危险物品摆上台，算了算了，你们还是继续负责看热闹好了。这下找谁来当演讲者？"小岚有点郁闷，但她

认识真正的自己

突然想到了什么,"咦?差点忘了,我们还有第四个组员呢,或者……"

"你说那个陈诺行?"晓晴口气很是不屑,"小岚你是在开玩笑吧?她又怎么可能上台演讲呢?"

*

小岚口中的第四位组员,正是班里一个叫陈诺行的女孩子。

从外表上看,陈诺行和其他女学生并没有什么分别,但是,在性格上却是天地之差。

该怎么形容她呢?应该说,陈诺行是一个不喜欢说话的人。有多不喜欢说话?从开学至今,她所说过的话不超过十句,不过,就算她真的说话时,也仅仅使用"嗯""是的""不是"等字词,几乎从没说上过一句完整的句子。

当她转校到秋之枫中学时,美宝老师曾经跟同学们解释过陈诺行不说话的原因——她患有一种叫"选择性缄默症"的心理疾病,这种病会让人有话也说不出来,难以和陌生人沟通,也无法正常表达自己的感受。

谁来做口头报告

美宝老师叫同学们多照顾和体谅她。有些同学也的确这样做了，不过呢，似乎并没有什么作用。

"我真的不知道该怎么和她沟通呢！"晓晴说，"和她说话，她不但只回答你一两个字，而且眼神躲躲闪闪的，不是望天花板，就是望向窗外，好像当你这个人不存在似的。你想让她上台做口头报告？嘿！祝你好运了。"

"但毕竟她是我们小组的其中一个组员啊，没理由完全不理会她吧？"小岚托着下巴说。

"如果连话也说不上一句，她又帮得上什么忙呢？"晓星提醒道，"这样说似乎不太好，但我想你还是当她不

存在吧。毕竟,又不是我们要她加入我们小组的。"

是啊,说起来,陈诺行之所以会加入小岚的小组,完全是美宝老师的要求。

当天美宝老师宣布要做口头报告后,同学们便在一片怨声载道下各自分成了十几个小组。当然,没有人主动叫陈诺行加入,而她也只是独自坐在自己的座位上,没有主动加入任何小组的意思。

"这可不行呢!这可是小组活动啊。"当美宝老师得知这个情况后,便向大家宣布道,"有同学能让陈诺行加入吗?"

当然了,在场没有人举起手来。他们也不是讨厌陈诺行啦,但是让一个根本连话也说不利索的人加入,这不是自找麻烦吗?

看见没有人回应,美宝老师只好苦笑道:"没有人肯挺身而出吗?那我只好自作主张啦!小岚,你那一组只有三个人,可以帮帮忙,让陈诺行加入你的小组吗?"

当时被问到的小岚望望自己的组员,只见晓晴和晓星又是摇头又是摆手的,明显不想陈诺行加入;但当小岚望向美宝老师时,看见她那既带有坚持又带点无可奈何的表情,便心软了。

"都是你不好啦。"晓晴埋怨道,"如果当时你拒绝不就万事大吉了吗?"

"人家毕竟是我们的同学嘛!"小岚说,"你不喜欢她吗?"

"那你又喜欢她吗?"没想到晓晴反问道。

"嗯。"小岚被她这样一问,便无语了。

小岚并不讨厌陈诺行,但也说不上喜欢,说得直接一点,对于小岚来说,陈诺行不过是一个和她同班的、有点古怪的女孩子而已。小岚并不会像一些同学一样有意欺负陈诺行,但就和班里所有同学一

认识真正的自己

样,没有必要的话,小岚也不会刻意接近她。老实说,如果真要问小岚的话,她也不想一个连沟通都有问题的人加入自己的小组呢。不过现在……

"好吧,那我们就不谈她了。"小岚叹了一口气,"虽然,我们未定好演讲者的人选,但我们还有很多东西要做呢!"

"哎呀!"只见晓星突然夸张地喊了起来,又急急向大门走去,"迟点再做吧,现在我必须回家了,我,嗯……要看动画片。"

"哎呀!我也忘了……忘了要看韩剧!"只见晓晴也站了起来,跟在晓星后面。

"你们别想跑!"小岚立即起身抓住两人,"我们要做口头报告……"

正在"扭打"期间,突然响起了门铃声。

"咦?这会是谁呢?"小岚一脸疑惑,连忙上前把大门打开。

让三人都感到非常意外的是,站在门外的,正是陈诺行。

第 2 章

消失无踪的朋友

真想不到,一说曹操,曹操就到了。

只见陈诺行腼腆地站在门外的走廊上,眼睛望着地面。

之前已经说过,除了不爱说话之外,陈诺行和其他女孩子并没有什么不同的地方;此刻,只见她穿着紫色的长袖外套和蓝色牛仔裙,脖子上还围了一条漂亮的长围巾,和她的一头黑色的短发非常合衬。

这一刻,小岚突然意识到,陈诺行和他们其实真的没有什么分别。

呆站了半天,小岚终于说:"是诺行啊?你……你怎么会在这儿?"

认识真正的自己

　　陈诺行并没有抬起眼睛，只是轻轻地摇了摇头。

　　小岚马上把门打开，让她走进屋里来。

　　陈诺行刚进屋子，便径直走到沙发上坐下，一副心事重重的样子。三人坐到她的旁边，等了好半天，陈诺行却仍是一句话也没有说。

　　看见这个情况，小岚只好频频向她发问。

　　"你来找我们有什么事吗？你怎么会知道我的地址呢？你是不是来和我们讨论口头报告？"

　　好几次，陈诺行似乎鼓起勇气想回答，张开的嘴巴却发不出一个音节来，于是只好又低下头去了。

　　小岚、晓星和晓晴三人对望着，一时之间也不知道该怎么办。

　　不过，陈诺行肯定不是来和他们谈功课上的问题的，虽然她没有说话，但从她那苦恼、担心的表情来看，她肯定正被什么事弄得心神不宁，自己又没有办法解决，所以才会大老远跑来找小岚。

　　但到底是什么事，陈诺行又说不出来。

　　"啊！有了。"小岚突然想起了什么，连忙跑到房间里。半分钟后，她找来了一支笔和几张纸。

　　小岚以前在无意中浏览过一些和"选择性缄默症"有

关的资料，有这种病的病人，在很多情况下都无法说话，但是，他们其他方面的表达能力都是正常的，例如写字表达就没有任何问题。

陈诺行看见小岚手上的东西，表情立即舒展开来，接过纸和笔，便"唰唰"地迅速书写着，然后把写好的字递到三人的面前。

她所写的东西让三人惊讶不已。

"我的朋友已经失踪好几天了。"这就是她所写的话。

*

这句话可把三人吓得不轻。

但是,当小岚向陈诺行问及详细的情况后,大家才知道,原来这位朋友,其实是指一个和陈诺行非常亲近的网友。而这个人的"失踪",原来就是指她已经好几天没有上线了。

"好吧,这有什么问题呢?我有时候也会几天不上线的啊。"晓晴耸耸肩道。

只见陈诺行用力摇着头,用笔写道:"不,她每天都一定会上线的。"

"又或者她全家外出旅行了吧,没什么大不了的。"晓星则道。

陈诺行又写:"如果是这样的话,她也一定会告诉我。"

"老实说。"这时,晓晴的语气已经有点儿不耐烦了,"关于你那位朋友为什么不上线,我随便都能想到一百个理由。我不明白,一个网友没有上线,为什么会让你如此担心,你的反应会不会太大了点?"

陈诺行的样子看起来快要哭了,只见她歪歪斜斜地写道:"不,我知道事情没有那么简单!"

晓晴似乎还想说什么,却被小岚伸手阻止了。

"你和这位网友,是非常要好的朋友?"小岚认真地问。

陈诺行点了点头。

"那你是怎么认识她的?能详细告诉我们一遍吗?"小岚接着问。

于是陈诺行便换了另一张纸,飞快地写起来……

原来整件事情是这样的。

无论是转校之前还是之后,由于陈诺行的性格问题,她一直以来都没有什么谈得来的朋友,因此每天放学之后和放假的时候,陈诺行都会躲在家里上网,而不会像其他同年龄的人一样,和朋友一起逛街、嗨歌、看电影。时间久了,陈诺行就开始沉迷于网络之中,每天都花大量的时间上网看趣闻、看博客、玩网络游戏、发表留言等,和现实世界的接触越来越少。

偶尔,陈诺行也会以"灰色小兔"这个网名,和一些网友聊聊天、打打招呼、互相问候一下,但她自己也知道,这些人和她都只不过是泛泛之交,从来都没有真正的感情交流,也就根本不可能成为真正的朋友。

但是,大约在三个月前,一位叫"秋天的向日葵"的网友,

却突然闯进了她的生活之中。

"秋天的向日葵"是一个和陈诺行年纪差不多的女孩子，她的性格活泼开朗、态度积极，而且言谈风趣幽默，很快便取得了陈诺行的好感。巧合的是，她们都拥有相似的兴趣爱好：陈诺行喜欢芭比娃娃，她也喜欢；陈诺行喜欢吃巧克力，她也喜欢；陈诺行希望去有雪景的地方旅行，她也有同样的想法。更重要的是，当她得知陈诺行患有轻微的社交焦虑症时，并没有嫌弃，而是不断地给予鼓励和信心，努力带陈诺行走出心理阴影。

于是，她们很快就成为了无话不谈的好朋友。

无论陈诺行生活中遇上什么苦恼的事，都会告诉这位"向日葵"，无论陈诺行遇上了什么值得高兴的事，也会跟她讲；她们还交换了博客的网址，每时每刻关注着对方的一举一动，什么时候到哪儿玩啦，什么时候买了什么装饰品啦，今天早上吃了什么早餐啦，都会互相分享。可以说，对于"向日葵"日常生活中所发生的事，陈诺行都知道得一清二楚。

在短短的两个月里，这位名叫"向日葵"的网友，竟成为了陈诺行生命中除了父母之外最重要的人。

把自己的感情寄托在一个素未谋面的人身上，听来似乎很奇怪，但对于陈诺行来说，这又有什么关系呢？一个真正了解和关爱自己的网友，比那些虽然每天见面，却对自己避之则吉的同学，不是要好得多吗？

她俩的关系就一直维持着，但在几天之前，事情却突然发生了变化。

毫无征兆地，"秋天的向日葵"失踪了。

"秋天的向日葵"在QQ上显示的最后上线时间为三天前，没有留下任何信息，没有更新任何状态。如果仅仅是这样的话，陈诺行或许也不会如此担心，但当她打算查看"向日葵"的博客，却惊讶地发现，她的博客已经没有任何资料，完完全全被删除了。陈诺行连忙查看"向日葵"的其他社交网站，结果也是一样——和"秋天的向日葵"有关的资料，都突然同时从网络上消失了！

或许只是网站故障吧，陈诺行不断安慰自己。但她深知这是不可能的，这么多个网站不可能同时丢失资料，更何况，这里面就只有"向日葵"的资料被删除了。难道是她自己做的吗？陈诺行心想，是不是"向日葵"她把有自己信息的所有网站都清理了一遍？看起来似乎是这样。但是，她又为什么要这样做？你能想象一个人昨天还在博客上谈论自己喜欢的明星，第二天早上便把博客里的所有资

料统统删去吗?这也太不合逻辑了!

她一定是出了什么事!这就是陈诺行的想法。

但是,她又该怎么办?虽然她和"向日葵"一直以来都亲密无间,但她根本就没有对方的地址、对方的电话、对方的真实姓名,甚至连她长什么样子都不知道。即使陈诺行想找她,想确认她的安全,又该从何找起呢?

于是,她唯一能做的事情,就是等待、等待。期望过一会儿,"向日葵"说不定就会突然上线,大笑着向她解释,自己是如何糊涂地、不小心地删除了自己的博客,然后网络又突然坏掉,结果让自己的朋友担心了一段时间……

但可惜最后还是失望了。

"秋天的向日葵"似乎在无声无息之间,消失在无边无际的网络世界。

就在绝望的时候,陈诺行想到了小岚。

尽管从来没和她说过话,但陈诺行知道这位同班同学是一位有名的侦探。或许她能帮自己找到"向日葵"的踪影?或许她能找出"向日葵"消失的原因?

在她最好的朋友消失三天后,陈诺行终于鼓起勇气,向美宝老师要了小岚的地址。

于是,她便来到了这儿。

消失无踪的朋友

*

看了陈诺行所写的话后,小岚他们都不禁沉默了。

不约而同地,他们三人其实都在思考着同一个可能性,而他们都不知道该不该把这个可能性告诉陈诺行,因为这肯定会伤透她的心。

"诺行,"小岚终于说话了,"你认为你的朋友出了事吗?"

陈诺行用力地点了点头。

小岚顿了一顿,才下定决心说了下去:"你有没有想过这个可能性,或许……或许她只是不想再和你联络下去?你知道,有时在网络上认识了网友,一开始你们很合得来,但随着深入了解,有时候就不那么想当朋友了。或者,'秋天的向日葵'她只是突然觉得累了……"

出乎小岚的意料之外,陈诺行立即写道:"当然,我也想过这种可能性,说不定她已经厌倦了和我当朋友呢!但是,万一她真的出了事呢?就算她想和我绝交,也没必要删除所有社交网站上的资料吧?我总是觉得,这件事并没有那么简单。在这一刻,我只是想确认她的安危,假设当我

找到她时,知道没任何事发生在她的身上,知道她不过是厌倦了我,我想我也会理解的。"

陈诺行的豁达让小岚佩服不已。

"嗯,我也觉得这件事的确有点儿蹊跷。"小岚用手托着下巴,思索道,"如果只是没有上线的话,还可以解释得了,但连她所有信息也被清除,这就不太寻常了。这些社交网站上的资料,都是网民在互联网上的一个身份,虽然是虚拟的东西,但这个身份也是存在着价值的;放弃那些资料,就等于放弃自己的身份,她为什么要这样做呢?我想,肯定有些事情发生在她的身上。"

陈诺行望着小岚点了点头,表示同意。

接着她写道:"所以,你能帮我把她找出来吗?求求你了!"

小岚想了一会儿。

"好吧!我不知道能不能成功。"小岚说,"但我会试试的。"

陈诺行听后,高兴得从沙发上跳了起来,百般感激地搂着小岚。

这一刻,小岚又再一次意识到,陈诺行其实就是个普通的女孩,一样有着丰富的情感,一样也有着热情的一面;但仅仅是因为患有轻微的心理疾病,就被别人误会、被别人歧视、被别人冷落,这对她来说,实在很不公平。

如果，同学们一早就懂得用书写来打破这层隔膜，主动用这种方式来跟陈诺行沟通，她就不会那么孤单了吧。

在接受了陈诺行的谢意后，小岚严肃地对她说："要把她找出来，并不是一件容易的事。我们这是在大海捞针，结果很可能会失败，又或者找错了人。你必须先有这个心理准备。"

陈诺行又用力点了点头，表示理解。

"嗯，小岚姐姐，不要怪我打击士气。"晓星这时说，"没有真实名字、没有地址，连对方长什么样都不知道，要在这种情况下找一个人，不太可能吧？"

"嘿，你是不是忘了？"晓晴连忙瞪着他，"这种情况在之前不是发生过一次吗？小岚曾经在几年前，通过聊天软件上的只字片语，找出了一个网友，并救了她一命呢！你当时不也在场吗？"

"成功了一次，不代表能成功第二次嘛。"晓星还是不相信。

"啊，好，敢不敢打赌。"晓晴挑战似的对他说，"我打赌小岚肯定能在一小时内把'秋天的向日葵'的身份找出来！如果超过一个小时，就当你赢。"

"输了的人会怎么样？"

"负责清洁一个月洗手间。"

"我提议三个月!"晓星摆出一副必胜无疑的样子来。

"成交!"晓晴也不甘示弱地喊道。

只见旁边的小岚和陈诺行看得目瞪口呆。

"算了,不要理他们。"小岚对陈诺行说,"要把你的朋友找出来,你的回忆就是关键,你一定要尽量回忆你和她所谈过的话,让我可以找出蛛丝马迹。"

陈诺行笑着点了点头。

*

"好吧,我首先想知道,'秋天的向日葵'有没有向你透露过她住在哪个地区?"小岚问道。

"没有。"陈诺行写道,"很可惜,我只能肯定她住在香港。她曾提过自己放假时到哪个地方逛街啦、周末时到哪个地方游览啦,但就是没提过自己在哪儿居住。"

"那么学校呢?她有提过自己的学校在哪儿吗?"晓晴问道。

陈诺行苦恼地摇着头,写道:"也没有,事实上,我曾问过她这个问题,但她说自己的学校很普通,不值一提,并没有告诉我。"

众人沉默了起来,这可不是一个好的开始。可参考的资料实在是太少了。

"啊!"这时陈诺行似乎想到了什么似的,突然叫道——这是她来到小岚家后,所喊出口的第一个字。

只见她立即写啊写。

"在两个星期前,"她写道,"当时我们正漫无边际地聊天,突然她说自己聊得太兴奋了,完全忘了和一群朋友有约,所以要立即离开。我担心她会迟到,于是便问她赶不赶得及,然后她便回答我,不要紧的,她约了朋友在旺角地铁站等,不过十分钟的车程,很快就能赶到了。"

"这就是说,她的家离旺角地铁站只有十分钟车程。"小岚说着,立即跑到自己的房间里,找出一份香港地图,还顺便拿了一个圆规。

只见她用圆规在地图上画了一个大圆圈。

"旺角是一个人多车多的地区,无论她搭乘出租车还是公交车,都要经过无数的红绿灯才能到达目的地,因此如果仅需十分钟车程的话,我想,她的家肯定在以旺角地铁站为圆心的五公里范围之内。"

"范围总算缩小了不少。"晓晴说。

认识真正的自己

"这范围仍然大得可以,想在这个范围内找一个人,谈何容易呢?"晓星这家伙又泼冷水了,接着他又补充道,"晓晴姐姐,你铁定要洗厕所了。"

"你闭嘴。"晓晴回敬道,"离一小时还远着呢。"

"'向日葵'提过到其他地方吗?"小岚问陈诺行。

陈诺行眼珠一转,又写道:"我记起来了,她曾说过,自己最喜欢到家附近一家叫'美味阁'的饭店吃东西,她说那里的意大利面非常美味哩!不过这可能帮助不大吧,因为'美味阁'在香港有超过十家分店呢。"

"这当然有帮助!"小岚高兴地说,"晓晴,你立即查查'美味阁'各分店的位置,看看有多少间分店位于旺角地铁站五公里范围之内。"

只见晓晴这个潮流万事通立刻打开自己的手机,打开一个美食评价网站,输入了饭店的名字后,便得到了结果。

"只有五间分店位于范围之内,"晓晴报告道,"她的家肯定就在其中一间附近。哈,范围又缩小了!"

她这后一句话是对晓星说的。

晓星则只是向她做了一个大鬼脸。

"还有其他地方吗?"小岚又问陈诺行。

陈诺行这次想了好久,仔细地在回忆中搜索有用的对话……但最后还是叹了一口气。她实在想不到了。

不过陈诺行还是拿起笔，写道："我唯一能想到的是，她提到自己在考试前会到家附近的图书馆温习。"

"这对我们的搜寻有任何帮助吗？"小岚问晓晴道。

晓晴查了查手机，最后失望地说："我们之前所得出的五个区域，附近都有公共图书馆，所以这并没有什么参考价值。"

难道线索到此为止了吗？

"对了。"陈诺行这时又写道，"我怎么会把这个忘记呢？'向日葵'她曾经埋怨过，她家附近的图书馆并没有设自习室，所以只能在阅览室内温习，真的很不方便。"

"晓晴！哪一间图书馆没有设自习室？"

晓晴看了看手机。

"太可惜了，那五间图书馆都没有自习室。"她说。

"唉。"小岚叹息道。

"嘿嘿，我只是在开玩笑，"没想到晓晴笑道，"在这五间图书馆里，没有设立自习室的，就仅仅有一间而已。"

说着，她伸手在地图上把那间图书馆指出来。

"太好了！"小岚高兴地说，"在这间图书馆附近，只有一个大型的住宅区，分别有三座私人楼宇和五座公共房

屋大厦。"

这时陈诺行笑着拿起了笔。

"她只可能住在那三座私人楼宇中,因为我曾听过她说她的家人要交昂贵的管理费,而公共房屋住户的管理费,是已经包括在租金之中的。"她写道。

"搜索范围已经缩小至三栋大厦之内了。"晓晴望着晓星,满脸得意。

"三栋大厦加起来,差不多有一千个住户呢!"晓星说。

"一定还有其他方法能找出她的确切位置。"小岚摇着头,努力地思考着,"'向日葵'她家的窗外,有没有什么有特色的景物?她有提过吗?"

听到这儿,陈诺行醒觉似的拍了拍头,然后又写道:"有一天,我曾问她最喜欢什么景色,她回答我说,她最喜欢看海——每当空闲时,她就会坐在窗边,看窗外那滔滔的白浪。这说明,从她家的窗看出去,可以看见海景。"

小岚拿起地图仔细地看着。

"在这三栋大楼里,只有一栋面向大海,其他的都只能看见山景。"小岚说,"好啦,现在范围已经集中在这一栋大厦里了。"

"但接下来呢?"晓星问道。

是啊，接下来又怎么样呢？他们总不能跑遍整栋大厦，逐家逐户地敲门，问有没有人的网名是"秋天的向日葵"吧？

"对了，"陈诺行飞快地写着，"我经常听'向日葵'向我抱怨，说她楼上的住户很没有公德心，经常把音响的声音开得非常大，听得高兴时还会'随歌起舞'，发出重重的蹦跳声，吵得她根本没办法集中精神温习，这也是她偶尔要到图书馆去的原因。请问这有帮助吗？"

"这就是说，"晓晴想了想，"只要我们找出那个没有公德心的人的住址，也就知道'向日葵'住在哪儿了！可是我们应该怎么找？"

只见小岚响指一弹，立即打开电脑，搜索了一会儿后，便找到了那座大厦大堂管理处的电话号码。

接着，小岚打开电脑里的音乐播放软件，选了一首舞曲，然后把音量调大。

"你到底想干什么呢？"晓晴一脸奇怪地问。

小岚神秘地笑了笑，拿起自己的手机，二话不说便拨了那个电话号码，并示意大伙儿千万不要出声。

电话没几秒便接通了。

"喂？大堂管理处。"一个懒洋洋的男声从话筒里传了出来。

认识真正的自己

"是管理员吗?"只听见小岚装出不高兴的语气,大声喊道,"我要投诉!那一个住户又在开派对了!音乐声吵死人了,你快点上去拍门警告他一下吧!"

"啊?又来了?"电话那头的管理员顿了一顿,又问道,"等等,你是不是说十九楼F室那户人家?我要先弄清楚,我不想警告错人。"

"是啊!"小岚一边说,一边用笔把这个地址记了下来。

"好!我立即上去警告他,这种事在这个星期已经发生第三次了!"管理员说着,便打算把电话挂断。

这时小岚连忙把电脑喇叭的音量调小。

"咦?等一等。"她对电话那头的管理员说,"我想不用麻烦你啦,音乐声刚刚停了,可能他自己也意识到吵着别人了吧。你不用上去了,无论如何,谢谢你啦。再见。"

"哦,那就好。"只听见管理员宽慰地回答道,明显松了一口气的样子,要知道,处理住户投诉,实在是一件令人头痛的事啊!

当小岚把电话挂掉后,胜利地扬了扬手上的地址。

如果估计没错的话,"秋天的向日葵"就住在那栋大厦的十八楼F室。

从毫无头绪,到找出目标的详细地址,这一切都只不过花了二十分钟。恐怕没有人能想到，仅凭陈诺行所提供的那些东拼西凑的资料，竟然可以准确地推算出一个人的所在地吧，更何况是在这么短的时间内完成的。

"我们真的成功了？"此刻，就连晓晴也感到有点儿难以置信，"这就是那位'秋天的向日葵'的地址？"

"只有一个方法才能确认。"小岚说，"就是亲自去这个地方找她。"

*

半个小时后，小岚一行人来到了那个住户的大门前。

陈诺行一脸犹豫不决，良久，都不敢按门铃。

小岚、晓星和晓晴三人此刻都只是等候在一旁，并没有催促她的意思。毕竟，这是陈诺行她自己的事，如果她站了一会儿后，还是决定转身走开，永远不去了解真相，也是无可厚非的。

不过，陈诺行最后还是鼓足了勇气，深吸一口气后走上前去，她伸手轻轻地按下了门旁的门铃。

接下来的等待让陈诺行紧张得快要窒息了。"向日葵"真的住在这儿吗？她会把自己认出来吗？看见自己来找她，

认识真正的自己

她会不会不高兴?还是她已经出了什么意外?……陈诺行不断胡思乱想着。

刚开始的时候,屋子里什么动静都没有,似乎空无一人。但很快,便听到了急促的脚步声。

"来了!"同时传来的还有一个女孩子的声音。

是她吗?陈诺行心想,难道真的是她?

紧接着,大门便被迅速打开,一张年轻的、女孩子的脸出现在面前。这个女孩长得非常漂亮,一头长长的黑发在脑后扎成马尾辫,她身材高挑,穿着朴实而得体的黑色T恤和牛仔裤,明显属于那种阳光女生。不知道为什么,小岚觉得她看上去,完全符合陈诺行口中"向日葵"的性格。

难道,她就是"秋天的向日葵"吗?

就在门打开的一刹那,两个女孩的目光碰上了。

只见两人看见对方的样子后,表情同时由迷惑转变成诧异。最后,完全出乎小岚他们三人的意料,那个女孩竟然叫出了陈诺行的名字。

"陈诺行?"她边说边把眼睛眯起来,"原来是你啊?自从你转学后,我们便没有再见过面了,你……来找我有什么事吗?"

真让人万万想不到。

认识真正的自己

陈诺行认识一个名叫"秋天的向日葵"的网友,小岚通过推理把这个网友的住址找出来了,而当他们来到这个住址时,那个应门的女孩竟然认识陈诺行,而且还曾是她的同校同学?

这到底是怎么一回事呢?

陈诺行惊讶地望着女孩。

"你……原来你就是'秋天的向日葵'?"只听见一直都不善言语的陈诺行,在此刻竟然说出了一句完整的话来。

听见陈诺行的问题后,女孩露出了无比疑惑的表情。她似乎完全不知道对方的话是什么意思。

难道,她并不是"秋天的向日葵"?

但如果是这样的话,小岚在之前所得出的推理,又是怎么一回事呢?

第 3 章

细说当年案

那个女孩的名字叫倪佩欣。在陈诺行转校之前,她们曾一起就读于培进中学的初三A班。不过,她们两人当时也并不是什么要好的朋友,可以说连一句话都没有交谈过。

"不!我并不是这位'秋天的向日葵'。"

听过小岚她们长篇大论的解释后,倪佩欣摇着头说。

"我喜欢上网,当然我也会上网结交新朋友,还有在自己的博客上写日记。"佩欣补充道,"但我从没以'秋天的向日葵'这个网名,和一位叫'灰色小兔'的网友交谈过,请相信我。"

认识真正的自己

倪佩欣的话非常诚恳，要么她的演技高超，要么她的话的确是真的——也就是，她并不是那个和陈诺行成为了知己，然后突然失踪的"向日葵"。

但通过陈诺行回忆的所有细节，小岚却推测出"向日葵"就住在这个地址，这又如何解释呢？通过倪佩欣家中的窗户，的确可以看见大海；而且没错，佩欣说她楼上的住户经常制造噪音，让她不得安宁；同时她的确经常去一家叫'美味阁'的饭店吃东西；还有，她也的确会去那间没有自习室的图书馆温习……

这一切一切都表明倪佩欣就是那位"秋天的向日葵"，但她本人却否认了。

或许她是在说谎？小岚想。但她有这样做的必要吗？

这一刻，陈诺行望着面前的倪佩欣，欲言又止。

只见倪佩欣把手轻轻地搭在她的肩膀上，说："对不起，我真的不是那位网友。老实说，我也不知道这一切到底是怎么回事，但你们肯定是弄错了。"

"但你和那位'向日葵'的生活细节非常吻合呢。"晓晴说，"你们都去同一家饭店、去同一间图书馆，也同样住在一个没有公德心的住户附近，如果说这都是巧合，也真是太巧了点吧。"

"我也不明白。"倪佩欣说,"除非……"

说着,倪佩欣连忙打开自己的电脑,来到一个网站,利索地输入了密码,成功登录进去。只见那正是她的个人网络日记。

"这是学校内部的网页,刚刚在这学期初建立的,本意是让各位同学互相交流学习心得,不过,大家都只会用它来交流生活趣事。"佩欣一边说一边浏览着自己的文章,"当然我也经常会在上面记录一些生活中的经历,你们看!"

小岚他们连忙凑上去看,只见其中一篇日记的标题是:"美味阁"小食评。打开后,内容详细地记录了佩欣对这家饭店的评价。

而另一篇日记,则记录了她自己在图书馆温习的经过,还不忘抱怨那里缺少自习室;还有一篇名叫《看海》的日记,则说明了当她遇上烦恼时,窗外无边无际的大海如何让她豁然开朗。

至于有一篇日记的标题为《一个没有公德心的邻居》。相信不用看内文,也肯定知道佩欣是在埋怨什么事情了吧……

"这和'向日葵'的话全都对得上号,"倪佩欣说,"无论任何人,只要看过我的日记,都可以把这些事情当作是

自己的经历,然后告诉你呢!"

佩欣的话刚说完,小岚便灵机一动。

"这些日记的内容每个人都能看得见吗?"她连忙问道。

"不,"佩欣回答道,"这是培进中学的内部网页,需要登录网站后,才能看见其他人所写的东西。而账户和密码,只有在学校就读的同学才有。"

"你刚才说,这个系统是刚刚建立起来的?"小岚又问。

"是啊,大约在三个月前。"佩欣奇怪地问,"那又怎么样呢?"

三个月前,不就正是"向日葵"出现的时间吗?

小岚认真地思考了一会儿。

"在互联网上交朋友,和现实有很多不同的地方,"小岚突然说,"例如说,除非亲自见面或者使用网络摄像头,不然你根本就不会知道对方的真正身份是什么。因为这个原因,人们在网络上的身份,可以是虚假的:男孩子可以自称是女孩子,小孩可以自称是大人,甚至可以把别人的经历说成是自己的……"

晓星这时惊讶地喊道:"等等,你是说,有人以'秋天的向日葵'的网名,冒充倪佩欣,来和陈诺行交朋友?"

"我想,那个人并不是真的要冒充倪佩欣,"小岚更正道,

"我想'她'……或者'他',只不过是借用了倪佩欣的经历和性格,以免自己被认出来。"

说着,小岚望向陈诺行,语带抱歉地说:"很对不起,诺行,这可能会让你感到伤心。但我想存在着这么一个可能,'秋天的向日葵'这个网友,可能只是个虚假的身份,是倪佩欣的一位同学,因为某种目的,而刻意编造出来的。"

陈诺行听后,怔住了。

"不可能……"震惊之余,她只能说出这三个字。

晓晴连忙关心地走上前去,用双手扶着她。

"这就是了,"晓星说,"这就解释了为什么,当小岚姐姐通过推理,找出'向日葵'的住址时,却找到诺行她的旧同班同学了,这人肯定看过佩欣的日记,并有意借用她的性格和经历,通过网络来接近诺行,取得她的信任,然后突然消失,令她难过。但这个冒充者为什么要这样做?她,或者他的目的到底是什么?恶作剧?"

"如果是恶作剧的话,这也太过分了,"晓晴评论道,"竟然欺骗一个女孩子的感情。"

"我不知道。"倪佩欣喃喃道,"我的同学应该不会这样做吧,我想。"

认识真正的自己

　　小岚看向倪佩欣，说："这只是初步的猜测而已。不过，别怪我这样问，你的同学当中，有人喜欢恶作剧吗？"

　　只见倪佩欣的表情有点儿复杂。

　　终于她说："我可以保证，他们大多都不是那种喜欢恶作剧的人。不过，这一切倒是让我想起了曾经在培进中学发生过的一件悲剧，而当中正好涉及了一件和这个恶作剧差不多的事情，而且……虽然没有人知道这件事是谁干的，但是，我有几位同班同学，在当时都有一定的嫌疑。"

　　"那是什么事？"小岚连忙追问。

　　"那件事大约发生在一年之前，我想诺行肯定也听说过。就在我们班，一个患有自闭症的男孩子企图自杀……"

*

　　这事件里的主角叫王志杰。他自小便患有一种叫亚斯伯格症候群的病症，和陈诺行所患的选择性缄默症不同，患有这种病的人不但在交谈上有困难，同时也无法正常地理解其他人的感情和心理状态。尽管他的病是很轻微的，但这还是严重地影响了他和其他同学的交往；很多同学对他产生了不必要的误会，甚至嘲笑他、欺负他。而这其中，也包括了倪佩欣的那几个朋友。

陈建伦、张俊斌、赖雪玲和韩光辉，他们都是培进中学初三Ａ班的同学，经常玩在一起，形影不离。他们下课时一起聊天、打球、买零食，放学后一起逛街、嗨歌、看电影，甚至在假期时也会一起去烧烤、游泳、骑自行车。

可以说他们都是很要好的朋友，也有着相似的喜好和兴趣。

他们甚至讨厌着相同类型的人。

这并不是什么秘密，在这个小小的好友团体中，所有人都不喜欢王志杰。这种情况不知道是什么时候开始的，也不知道是由谁首先发起的，反正一谈到王志杰，他们的态度不是嘲笑，就是厌恶。

在学校之中，同学和同学之间带有敌意，并不是什么奇怪的事，而在很多情况下，这其实都是由误会所引起的。同样地，王志杰从来都没有得罪过他们任何一个人：除了有一次，当陈建伦问王志杰借文具时，王志杰以为他跟别的同学说话，所以没有理会他；另一次是王志杰不小心把韩光辉的东西撞跌，却并没有向他道歉；还有赖雪玲把一本小说放在书桌上，王志杰没有问过她，便自己拿来看⋯⋯

认识真正的自己

诸如此类的小事情。

但仅此而已。何况，王志杰之所以会这样做，是因为他的病让他无法像其他人般正常地理解别人的想法。

不过，他们四人并没有想到这一点，或许说，他们宁愿相信王志杰是有意的。

而正是这种偏见，间接地导致了那个悲剧的发生。

事情发生在那一天的放学之后。在此之前，初三年级举行了一次期中测验,而那天正是派发成绩的日子。很可惜，这四个人的成绩都不怎么理想。放学后，大部分同学都离开了教室，除了王志杰外，就只剩下他们四人和倪佩欣了。

倪佩欣和他们四人是朋友，偶尔会和他们一起玩，但却并不算挚友，通常不会参与他们的"小团体事务"。但这天，因为她是值日生，要留下来打扫，便无意中听见了他们的讨论。

当时，他们四人围坐在一张桌子旁。

"唉，这下回家一定被妈妈骂惨了。"张俊斌叹息道。性格不拘小节的他，是四人之中最不喜欢学习的，几乎每次测验和大考试前，他都若无其事地打游戏机、看电视剧和睡懒觉，然后在派发成绩后大吐苦水。

"你小心点，再这样下去，明年便要重读初三了，你妈妈一直希望你能考上好学校,别让她失望了。"赖雪玲说。虽然她是一个女孩子,但却剪了男孩般的短发,性格开朗,总是和其他男生称兄道弟,十足人们口中的"假小子"。

听见她的话后,陈建伦笑道:"哈哈,你还有资格教训别人?看看你自己的成绩再说吧!"

陈建伦长得非常高大,常会被人误会成高一或高二的学生。看他的身材就知道,他可热爱运动了,还是学校篮球队里的主力队员。

"你也看看你的成绩吧!"赖雪玲也笑着回敬道,"在测验前一天,我还看见你一脸轻松地练球,我还以为你已经温习好了呢!"

这时一直无话的韩光辉清了清喉咙,说:"哼,这些测验真是无聊透顶,要是哪天考试制度被废除,我一定第一时间放鞭炮庆祝。"

如果说这四个好朋友形成了一个小团体的话,韩光辉肯定就是小团体的"首领",他话并不多,但话一出口,就肯定是最引人注意的。

大家听见他的话后,都纷纷点头同意。

"是啊,我真的不明白这些考试有啥意义。"张俊斌说,"除了让我们痛苦之外,又有什么作用呢?"

认识真正的自己

"是啊,是啊。"赖雪玲也应和道,"说起来,我最讨厌的就是那些所谓的聪明学生,不过就是死背书而已嘛,还以为自己很了不起的样子。"

说到这儿,陈建伦往背后望去,只见王志杰正默默地坐在自己的座位上,盯着桌子上的课本,似乎正在温习的样子。

"看看那家伙,不就是你形容的那种人吗?"陈建伦指了指王志杰。

"噢,你是说拿了100分的那个人?"张俊斌有意大声地说,"他很懂得背书嘛,不过,他可是连话都不懂得跟别人说呢。"

虽然听见对方的话,但王志杰并没有理会他,继续专心地看书。不知道为什么,这反而让张俊斌感到不高兴起来。

"哼,放学后还要刻意留下来温习,显得自己很好学的样子,真讨厌!"他又喊道。

张俊斌不知道的是,王志杰之所以会留下来,其实是在等父母来接他放学。这天他要到医院复诊,所以他的父母便叫他留在学校,等他们下班后,驾车来接他到医院去。但这却被张俊斌误会为"假装好学"。

"算了吧,"赖雪玲说,"他可是优秀学生,怎会理我们这些小角色。"

"就是。"陈建伦也忍不住说,"他这么高傲,不会把我们放进眼里的。不过,我真不明白,要那么好成绩来干什么,成绩 100 分的试卷,能当饭吃吗?"

出乎大家意料的是,王志杰这时说话了。

"你们成绩……不好的话,"他的话说得很慢,"以后就找不到工作,自然就没有饭吃了。"

当他说完后,教室里的那四人怔住了。

王志杰的话看似在讽刺,但事实上,他完全没有这个意思。亚斯伯格症候群患者的病症,主要是无法正确地理解他人的情绪表现。陈建伦的话本来是一种反话,是用来嘲笑王志杰的,但这话却被他理解成一个问题,以为陈建伦是在向他寻求答案,于是才会说出那句话来。

但那四个人当然不知道这点。

听见这话后,张俊斌立即站了起来。

"你!你这是什么意思?"他说,"你是在说我们以后都会穷得没饭吃吗?"

赖雪玲也不满地对王志杰说:"你在说什么?你这话太嚣张了!"

认识真正的自己

"我……只是说事实。"王志杰试图解释,但这话却再次引起了误会。

"噢,你真诚实。"韩光辉冷冷地、语带讽刺地说,"真谢谢你一针见血地指出了我们的问题,真是感激不尽。"

王志杰听了他的话,搞不清楚状况地回了一句:"噢,不用谢。"

这下子可把四个人惹怒了,他们都认定王志杰是在挖

苦人。

　　只见陈建伦一边怒喊着，一边冲到王志杰跟前，把王志杰吓得缩成一团。最后，是赖雪玲和韩光辉阻止了他。

　　"别打他，"韩光辉对陈建伦说，"打伤了他，他就有证据去老师那儿告状了。虽然他很嚣张，但这样做不值得。"

听了他的话,陈建伦这才退了回去。

"我们走吧!"张俊斌喊道,"我不想再看见这个人。"

于是,四人把吓得半死的王志杰丢下,离开了教室。

把一切都看在眼里的倪佩欣,不由得暗暗摇头。在完成自己的值日生任务后,她因为有事收拾背包离开了。离开时扭头看了一眼,见王志杰仍然一动不动地待在自己的座位上发呆,眼里流出泪水。

这是她最后一次看见王志杰。

至于之后的事情,倪佩欣都是从老师们的口中得知的。

就在那天稍晚一点王志杰的父母来到学校时,在教室里却找不到王志杰的踪影。正着急时,一名老师急急忙忙来通知他们,有保安看见王志杰正站在学校天台的栏杆外,似乎是想自杀。

幸好,最糟的事情并没有发生,消防员赶到后,马上就把王志杰从天台边上带回到安全的地方。但王志杰的情绪却显得很不稳定,经医生诊断后,证实他因为受到了刺激,病情变得比以前更严重了。

刚开始时,大家都不知道他企图自杀的原因。但经过心理医生引导后,他才终于说了出来:他一个人在教室发了一会儿呆,突然想要去洗手间,于是便离开了自己的座位;当几分钟后他回来时,却发现他原本放在背包里的试卷不知道被谁拿了出来,放到自己的课桌上。

但那试卷已经跟原来不一样了——被撕成了碎片。

恐怕没有人能明白,他有多在乎自己的测验卷。一直以来,他都努力地读书,希望取得好成绩,但他这样做并不是想显示自己的聪明,他只是发现,每当他取得好成绩时,父母都会高兴地称赞他。而他的病让他错误地理解了两者之间的联系——本来,父母之所以爱他,是因为他是他们的儿子,而不是因为他成绩好,但王志杰却并不理解这一点,他以为取得更好的成绩,父母才会爱他多一点,而现在成绩没了,父母也就不会再爱他了。

就是这种误解,让他一时之间想不开。

虽然他在这件事里没有受伤,但却影响了他的情绪。他第二天便退学了。

没有人知道是谁撕毁了他的试卷。由于王志杰的父母不打算追究下去,所以他们也没有报警。不过,老师们也曾私下询问过陈建伦、张俊斌、赖雪玲和韩光辉四人,但他们都否认是自己做的。

由于没有任何证据,这件事很快便不了了之。

认识真正的自己

一年之后,差不多每个人都已经忘记了这件事。

*

当倪佩欣说完后,大家都不发一言。

几乎每个人都在想着同一件事,最后,还是晓晴把大家的想法说了出来。

"撕毁试卷的,肯定是那四个人之一吧。"她说着,又补充道,"当然,我没有证据,但这个可能性是最大的,不是吗?"

"刚刚才因为成绩的问题而吵了一架,然后王志杰的试卷便被撕毁,是谁干的还用说吗?"晓星义正词严地说,"我想唯一的问题是,到底这是其中哪一个人做的?还是其中两个人?三个人?又或者索性是四个人一起干的?"

"他们有没有责任,除非我们深入调查,不然无法这么快下定论。"只见小岚公事公办地说,"所以,首先需要的,是他们的证词……"

"等等。"倪佩欣这时说,"你不会是想调查这件事吧?"

小岚望着她,肯定地回答:"是的。这件事对王志杰造成非常严重的心理影响,无论撕毁试卷的人是谁,他或者她都对此负有全责。要知道，这个人的行为，差点害死了一个无辜的人。我不可以让这种缺德的人逍遥法外。"

"不过，这件事已经过去那么久了……"倪佩欣说，"何况，即使找出了撕毁试卷的人，也无法追究法律责任呢。"

"那就把那个人揪出来，把他所做过的事告诉全世界，让他尝尝做了错事的苦果！"晓星义愤填膺地说。

"是啊，应该让大家知道那人有多缺德。"晓晴说着，似乎突然想到了什么，"咦？说不定，撕毁王志杰试卷的，和那个以'向日葵'身份来欺骗诺行的是同一个人！"

只见陈诺行怔怔地望着她，表情复杂。

"但那个人有意和陈诺行交朋友，目的又是什么呢？"晓星问。

没有人回答他的问题。不过，大家都认为答案很明显，只是不想在陈诺行面前讲出来而已。

如果撕破试卷的人和"向日葵"是同一人的话，那么他或她在和陈诺行成为知己后，之所以突然消失无踪，肯定是为了让陈诺行心碎。事实上，陈诺行在"向日葵"消失后，已经变得心神不宁。如果不是有小岚等人的话，真不知道会发生什么——像王志杰身上的事，说不定还会发生一次。

认识真正的自己

小岚望向呆坐在一旁的陈诺行,只见她心神恍惚,不知道在想些什么。

小岚心想,如果这个人真的是在恶意地捉弄陈诺行,那就一定要尽快把这个可恶的家伙揪出来了。

"无论那个人的目的是什么,肯定是不怀好意。"倪佩欣说,"小岚,你是对的,我们一定要把那个人的身份找出来!如果有什么事我能帮得上忙,尽管开口。"

小岚望着她,严肃地点了点头。

"现在,我首先需要的,是那四个人的地址。"小岚说,"今天天气那么好,我想我们应该去拜访一下他们。"

第 4 章

深入调查

他们拜访的第一个目的地,是陈建伦的家。

陈建伦本人和倪佩欣所描述的一样,高大的身材、宽阔的肩膀,长着一张砖头般的方形脸,剪着和军人一般的平头发型,有一副天生运动员的模样。不过,当他开口时,声线却没有小岚想象中那么雄厚。

"嘿,倪佩欣,是你?有事要找我吗?"他把门打开后,看见佩欣身后的小岚等人,便问道,"嗯……你带了朋友来?"

他把众人迎进了自己的房间中。他刚才似乎正在健身呢,两个沉重的哑铃正放在他的椅子旁。晓星看见那哑铃,

认识真正的自己

不禁吐了吐舌头——要是他把其中一个举起来，恐怕也会人仰马翻，更何况是两个？

陈建伦挠了挠头，说："不好意思，房间很乱，椅子也不多，大家只能站着了。对了，你们来找我，到底是什么事？"

"建伦，我们有一些事想问你。这个……"佩欣嗫嗫嚅嚅，不知道该如何开口。

"是关于一年前，你的同班同学王志杰的事。"晓星嘴快替倪佩欣接了下去。

只见陈建伦的表情随即有了变化，变得阴沉起来。

"佩欣，我不知道你带来的是什么人，我也不知道你们为什么要重提那件事。"他不客气地说，"那件事已经过去很久了，你们不会是想现在才来追究吧，嗯？来找出是谁撕毁那张试卷？你们要做正义使者，要来审问嫌疑人？这就是你们的目的吗？"

"陈建伦同学，来认识一下吧，我的名字叫马小岚。"小岚和颜悦色地说，"很抱歉打扰你。要调查一宗案件，时间过去多久并不是重点。因为我们怀疑，之前欺负王志杰的那个人，现在又试图通过网络来戏弄陈诺行，所以，我们不得不进行调查。希望能从王志杰事件中找到作案人，杜绝这类事情再次发生。"

这时，陈建伦才注意到站在后边的陈诺行，但他随即说道："我不认为这件事有调查的必要，让我来告诉你，我到底怎么想的吧。我认为那张试卷是王志杰他自己撕毁的，然后把罪名推到我们几个人身上。不过，由于他父母不打算追究，所以最后才没有成功。"

"你怎么可以这样想？"一直没说话的晓晴生气了，她气呼呼地说，"明明是你们欺负了他，现在竟然说他想冤枉你们？"

"嘿嘿嘿。小姐，别动怒。"陈建伦反倒笑道，"这只是我的猜测，就像你们怀疑是我把试卷撕毁一样，是没有任何证据的。"

"我们来找你，就是要寻找证据。"小岚说，"你能跟我们说说，那天放学后，你曾经到过什么地方吗？"

"你这算是审问我吗？"陈建伦冷冷地说，"我一会儿约了朋友去打球，现在准备要出去了，所以，请你们离开。"

说着他站了起来，打算送客了。

"陈建伦，算是我求求你了。"倪佩欣连忙道，"我们必须找出那个人是谁。这个人把试卷撕毁，差点让王志杰自杀；现在那个人又利用我在学校内部网页上的日记内容，在网

认识真正的自己

络上捉弄陈诺行，让她伤心难过。接下来那人说不定还会用同样的手段欺凌其他人，我们必须阻止这种事情发生。我相信做这件事的人不会是你，而你提供的线索或许能帮到我们，所以，恳请你回答小岚的问题吧。"

陈建伦盯着倪佩欣好一会，终于叹了一口气。

"好吧，我合作。你尽管问吧。"他说。

"那天你们离开学校，是什么时间？"小岚于是问。

"我想大约是四点四十分左右。我们四人离开学校后，便一起走到了公交站附近……"陈建伦回答。

"走到公交站时，大约是几点？"

"由学校走到公交站大约十分钟，所以那时是四点五十分左右。"陈建伦有点不满地说，"纠缠这些时间有什么用呢？"

"你别管，反正我有用。"小岚继续问，"那离开学校后，你们四人又去了哪儿？"

"我们本来是打算去唱歌的，但那时我们的气还没消，唱歌的心情都没了，于是便决定各自行动。"

"大家都各自到哪儿去了？"

"我和韩光辉决定去打篮球，而张俊斌说要回家打游戏，便乘上刚到站的公交车离开了。赖雪玲说她想去逛附近的商场买什么吉他弦,由于顺路,我们便和她一起去,不过,由于那家商店关了门,东西没买成,赖雪玲便独自回家去了。"

"那之后呢?"小岚问。

"之后我和韩光辉便结伴到附近的球场打篮球,一直打到七点钟。"

"你们打球时,有人能证明你们在场吗?"

只见陈建伦笑了起来,语带讽刺地说:"要问我拿不在场证据么?当然有,那个球场附近的路人都是证人,我们还曾因为场地的问题,和另一群打球的学生起了争执呢!当然,他们的样子我已经记不清了,名字当然也不知道,如果你那么神通广大的话,尽管把他们找出来,问问他们记不记得这件事吧。"

要把那些人找出来,当然已经不可能了,陈建伦肯定也知道这一点。这么说,他和韩光辉,根本就没有实质的不在场证据。

似乎知道小岚在想什么,陈建伦接着说:"是的,我们的不在场证据不充分,但我们陪赖雪玲去商场,可花了不少时间呢,所以我们是不可能溜回学校犯事的。另外,除非你有确切的证据,证明我曾经回过学校,不然你也无法

认识真正的自己

把我定罪,对不对?现在,话说完了,你们也是时候离开了吧。"

"好,打扰了。"小岚领着众人,一无所获地离开了。

*

接下来,他们来到了张俊斌的家。

当他们到达时,张俊斌正在打着游戏。

"我真不知道有什么可说的。"在倪佩欣说明了来意后,张俊斌一脸不屑地说,"无论撕试卷的人是谁,这都是王志杰他自己的问题。说不了两句话便出言不逊,吵不过别人就哭鼻子,试卷被撕了就嚷着要自杀。他自己情商低而已,怎么可以怪别人。"

"啊!看你这态度,"这下晓晴可真被他激怒了,"按你这么说,你被人打劫了是不是应该怪你自己带那么多钱出门?你中暑的时候是不是要怪太阳为什么要照着你?你便秘是不是可以怪地心引力小?你说试卷被撕是王志杰自己的责任?这是什么逻辑?如果你识相,就认认真真地回答我们的问题,不然我会揍扁你的鼻子,让你一辈子都找不到女朋友!"

深入调查

晓晴一边说，还一边挥动着拳头，吓得张俊斌连连后退。

没想到这一招还真有用，张俊斌的态度立即就软了不少。

"好好好，好男不和女斗。你赢了，我回答问题就是。"他说，"但我事先声明，虽然我讨厌王志杰，但他的试卷绝对不是我撕的。"

"那就要看你有没有不在场证据了，"小岚说，"当天，你们四人离开后，到了哪儿去？"

"我们没有到哪儿去。离开学校后，我们就各自散去了，赖雪玲说什么要去商场买东西，而建伦和韩光辉也喊着要打球，都不对我的胃口，所以我便回家继续作战了。"张俊斌口中的"作战"，恐怕就是指玩射击游戏吧。

"关于你回家打游戏这个说法，有人能证明吗？"小岚问。

"你这是什么意思，认为我说谎？"张俊斌哼了一声，继续道，"我当着大家的面上了回家的巴士，然后在五点半左右回到了家中，一回来便打开游戏机开战了，这一点，父母可以替我作证。"

小岚从和案件有关的资料中得知，王志杰离开教室去

认识真正的自己

洗手间,到回来发现试卷被破坏,这时间大约是五点十分左右。

"你回家的话,车程大约需要多少时间?"小岚又问道。

"我的家离学校可远了,公交车又跑得慢,先要过海,然后再过一个隧道,大概要四十分钟。"张俊斌回答。

也就是说,要在五点半左右回到家,张俊斌就得在四点五十分左右坐上巴士。这样看来,他是不可能在五点十分时,跑到学校去破坏王志杰的试卷了。不过,另一方面,这毕竟是发生在一年前的事,就算问他的父母,他们又怎么可能确定张俊斌当时回家的时间?

小岚把这一点指了出来。

"这个嘛,你有所不知了。"张俊斌笑道,"我母亲对我很严厉,规定我每天放学都必须在五点半左右回到家,一个月超过五次没有准时回家的话,就会没收我的游戏机,所以她会把我每天回家的时间记下来。如果你想确认,大可问问她。"

"你妈妈对你那么严格?"小岚扬着眉说。

"嘿嘿,我成绩那么差,她自然也不会给我好脸色看。"张俊斌苦笑,"不过,最近我已经努力了不少,成绩也是中上水平,顺利的话,下个学期我或许能转到一间好点的中学去呢。"

关于这点,大家都很怀疑。无论如何,张俊斌的嫌疑已经算是排除了。

于是小岚他们便准备离开了。

但当他们经过大厅时,小岚却突然发现,在靠近大门的墙上,挂了一幅油印版画。而画上所印的,是梵高的名画《向日葵》。由于画家的风格,画中的向日葵被绘成了鲜艳的橙色,让人联想到秋天的枫叶……

秋天的向日葵。

这是巧合吗?张俊斌会不会就是那个利用假身份,来捉弄陈诺行的人?或许他在思索网名时,无意中看见这幅画,才会想到"秋天的向日葵"这个名字?

有这个可能。

认识真正的自己

*

赖雪玲虽然是个女孩子,但脾气可不小。

"你这么问是什么意思?你怀疑我是撕毁试卷的人?"她叉着腰,把头凑近小岚的脸,"你好大的胆子!"

赖雪玲的房间,可以说完全不像是属于一个女孩子的。房间四周贴满了重金属乐队的海报,柜子上放着全套漫画,旁边则是精致的军用飞机模型。不过,和她本人相比,房间本身就小巫见大巫了:前卫的发型、黑色的T恤、挂满了金属链子的牛仔裤、手臂上浮夸的文身(不过明显是水印贴纸),都让赖雪玲看起来像个摇滚女孩。

加上这刻她一脸凶相和可怕的声音,让胆小的晓星吓得几乎转身就要逃。

不过小岚可没有被她吓着,面不改色地说:"你是那天欺负王志杰的其中一人,怀疑你是很正常的事。你说你没有撕毁试卷,那就证明给我看吧!除非是你自己心里有鬼。"

赖雪玲狠狠地瞪着小岚的眼睛,她的眼神甚至让晓晴也不寒而栗起来。但小岚却只是平静地望着赖雪玲,毫不退让。

深入调查

　　几秒后，可能是欣赏小岚的勇气吧，赖雪玲的态度竟然转了一个大弯："哈！从来没有人在我面前还可以这样泰然自若的，我服了你了。就给你十分钟时间，问吧！"

　　小岚暗暗松了一口气。

　　"在一年前的那天，你和另外三人离开学校后，又到哪儿去了？"她问。

　　"那天嘛，"赖雪玲想了想，"我们本来是打算放学后去唱歌的，你知道，我们刚刚考试考砸了，想去散散心。不过，因为王志杰那事，我们当时心情不怎么好，所以就一致决定取消了。"

　　"之后，你们就各自回家去了？"

　　"决定回家去的只有张俊斌，陈建伦和韩光辉想去打球，而我则决定去地铁站附近的大商场——我的吉他弦断了，我要去买新的。"

　　"有人能证明吗？"小岚直接地问。

　　赖雪玲瞪了她一眼，让晓晴和晓星以为她又要发怒了。不过，她缓缓吐了口气，最后还是回答了："巧得很，陈建伦和韩光辉正好顺路，陪我一起去的。不过，那家卖乐器的商店正好在盘点，关门了，让我扑了个空。最后他们便前往球场，我则坐车回家去了。"

75

认识真正的自己

小岚听后,沉默无言了好一会儿。

赖雪玲这时说:"你是在想,他们根本就没有陪我去,只是为了保护我而说谎,对不对?你认为我当初根本就没有去商场,而是一个人偷偷折回了学校,把王志杰的试卷撕毁,然后若无其事地回家去,没错吧?但你错了!那乐器店的确在盘点,不信你去查一查。如果我没有去商场,我又怎么可能知道这一点?"

"商店盘点,通常会提早贴出通告。"小岚说,"或许你事先知道了。"

"哼,你不相信就算了。"赖雪玲扭头望向别处,"但我不会做出这种缺德的事,我绝不会去撕毁那个可怜人的试卷。"

"可怜人?"小岚重复道,"这可是个不同的观点。要知道,无论是陈建伦还是张俊斌,都认为王志杰让人生厌。难道你和他们有不同看法?"

"你知道有时候人是会犯错的。"赖雪玲严肃地说,"有时候你会产生一种偏见,这种偏见是盲目的,就连你自己也意识不到。直至一段时间过去后,你重新审视这一切,才会发现,当初你的想法并不正确。特别是,当你待在一个小团体里时,你就会倾向于迎合小团体的观点,和他们喜欢同样的东西,和他们讨厌同样的人。但当你自己一个人好好地思考后,就会发现自己其实并不认同小团体的一些做法和想法,我反而觉得王志杰挺可怜的。"

没想到貌似凶悍的赖雪玲会说出这样感性理智的话,大家一时愣了。

"怎么了,人家懂一点心理学很奇怪吗?"赖雪玲没好气地说,"总而言之,我对王志杰并没有偏见,也明白当时的冲突不过是个误会。别看我的样子像个恶霸,但我并不喜欢欺负弱小,不过由于立场关系,我还是盲目地同仇敌忾,和其余三人一起欺负王志杰。但当陈建伦冲动地要去打他时,我才感到不对头,连忙上前阻止。而事后,特别是听说王志杰企图自杀后,我也感到后悔不已。"

"我明白你的心情。"倪佩欣说。

倪佩欣听到王志杰想自杀的事后,也很后悔,当时为什么急着走,不留下来开导一下王志杰。

"你不会明白的,说到底你并没有做出伤害他的事。"赖雪玲粗声粗气地说,"我到现在都清楚地记得,当陈建伦跑过去,在王志杰面前挥动拳头时,那可怜人的表情是多么无助,如果不是我们阻止,他肯定会被吓哭。事后我一直受到良心的谴责,为什么要如此对待他?所以,我是绝

认识真正的自己

对不会做出撕毁试卷这种事的。"

她说话时显得一脸的痛悔。

但是,或许她只是在虚张声势?小岚觉得一时看不清这个女孩。

*

韩光辉的确是个沉默寡言的人。

这样的好处是,在倪佩欣向他解释整个情况时,他完全没有打岔;但这样的坏处是,小岚也几乎无法向他套取任何有用的信息。

"我们离开学校后,张俊斌坐车回家了,我和陈建伦陪赖雪玲去商场。她走后,我俩打了两个小时的球,就回家了。就是这样。"他的回答简洁、干净利落。

"有人能证明你和陈建伦一直在打球吗?"小岚问。

"没有。"韩光辉只说了两个字。

作为一个侦探,小岚一直以来都与不同的嫌疑人打交道。对于小岚来说,最容易露出破绽的,是那些夸夸其谈的人,他们说的话越多,就越容易在无意中把一些秘密和心底话吐露出来,结果成为小岚破案的线索。相反,如果对着一个话少的人，就会较难发现疑点。

而韩光辉正好是这种人。

不过，要对付他，也是有办法的，虽然这样做有点儿狡猾。

"学校看门的保安说，那天下午曾看见赖雪玲和陈建伦两人返回学校。"只见小岚突然说。

听到这句话，韩光辉原本毫无表情的脸发生了变化。

当然，在场其余的人都清楚，小岚的话完全是谎言。小岚的确打算找看门的保安问话，但这件事还没做呢，此刻，她只是在虚张声势。

"真的？"韩光辉用凌厉的眼神望着小岚。

"所以，你就别再说谎了，"小岚装出一副什么都知道的样子来，"你们根本就没有去打球，或者去商场。根据大家的证词，你们是在四点四十分离开学校的，而你们到达公交站后，其实就已经各自散去。不过，只有你和张俊斌是真的回家去，赖雪玲和陈建伦实际上立即就赶回了学校，待到大约五点十分，王志杰去洗手间后，把他的试卷撕碎，之后才回家的。而你作为他们的朋友，为了保护他们，才制造出去商场和打球之类的谎言，对不对？保安的证词可以证明这一点。"

认识真正的自己

"你说保安看见他们两人,那是什么时候?"韩光辉刚想辩解,却似乎想到了什么似的,问道。

"那是……"小岚顿了顿,"四点五十五分,但这不重要,重要的是……"

只见韩光辉突然大笑。

"你笑什么?"小岚问。

"你在说谎,"韩光辉说,"你说保安看见他们两人,根

本是骗人的。"

"我……不明白你在说什么。"小岚皱着眉头说。

"你以为可以哄骗我,但你犯了个错误。"他说,"他们在公交站跟我们分手时,就已经要到四点五十五分了,而回到学校至少要十分钟,赖雪玲和陈建伦他们是不可能在这个时间被保安看见的,所以他们根本没回去。"

但小岚听见韩光辉的话,却微笑了起来。

与此同时,韩光辉脸上的笑容顿时不见了。他立即就明白到自己的错误。

他实在太大意了。他没意识到小岚话中的错误,本来就是她刻意制造出来的,现在掉进了她的陷阱中,在无意之中说漏了嘴——说出他们四人的确是在公交站分手的,陈建伦并没有陪他去打球,他们也没有陪赖雪玲去商场。和球场上的学生争执、要去买吉他弦却发现商店关了门,这些都完完全全是谎言。

韩光辉摇了摇头,苦笑道:"竟然被你耍了,好吧,我认输了。我本应该像平时那样闭上嘴的,但我一听见你说赖雪玲和陈建伦可能曾返回校园,我便着急了。"

"你们那天离开学校来到公交站,便各自回家去了。"小岚说,"第二天,当听说王志杰的试卷被人撕毁后,你们

便意识到你们四人的嫌疑最大,于是便互相制造出一些不在场证据来,以便在老师查问时减轻大家的嫌疑。"

"是的,而且那正是我的提议,我有责任保护大家的安全。"韩光辉说,"因为除了张俊斌外,我们各自都没有迅速回家去,如果被查问的话,肯定会被怀疑。所以,我们的确说了谎,但尽管如此,我还是得说,我们并没有做那件事。"

"你承认在不在场证据上说了谎,"小岚问,"但你不承认,你们中有人破坏了那张试卷?"

"是的。"韩光辉很肯定地说,"我们没有。"

"但你仍然害怕有这个可能,对不对?"小岚仿佛看穿了他的心思,"这就是为什么,你听见我说有保安看见赖雪玲和陈建伦时,你会那么担心了。"

"事后我问过他们三人。"韩光辉板着脸说,"他们每个人都发誓,绝没有做出那种事。"

"但你还是担心对不对?"小岚说,"你们的确在四点五十五分就各自散去了,很可能,其中一个人曾经折返学校,做出那件可怕的事。"

"我不知道……"韩光辉叹了一口气,"我真的不知道。"

*

　　天色渐暗，太阳已经接近地平线，夕阳把远处的建筑物染成了橙黄色。

　　小岚、晓星、晓晴、倪佩欣和陈诺行，已经离开了韩光辉所住的大厦，现在正往培进中学走去——韩光辉的家离学校很近，走路的话只需要十分钟时间。没错，小岚打算向学校看门的保安了解一下，看看当天有没有看见过可疑的人。

　　"不过这个可能性其实很小啦，"小岚分析道，"这已经是一年多前的事，说不定那天看门的保安已经辞职了。即使他还在，也不一定能回忆起那么久之前的事呢！不过，试一试也没有坏处。"

　　晓晴一边走一边伸了个懒腰："查问了一整天，关于试卷是谁撕毁的，我们还是毫无头绪呢！除了张俊斌外，每一个人都没有确切的不在场证据，他们每一个人，都有可能偷偷跑回学校。"

　　"说不定他们三个一起做的。"晓星抢着说，"要不他们为什么要谎话连篇？他们一定是担心自己的行为被发现，才编出什么去打球、逛商场之类的事。"

认识真正的自己

"目前我们还不能这样断定呢!"倪佩欣说,"他们说了谎,并不代表他们就一定做了那件事。我们可不能冤枉无辜,必须讲求证据。"

"是的,"小岚补充道,"我们甚至不能说撕试卷的人就一定在他们四人之中呢,毕竟学校里的任何人,都可以趁王志杰离开教室时,偷偷地进去破坏试卷。就算他们之前和王志杰吵了一架,也不能证明什么。"

"非常同意。"只见佩欣笑了笑,"那么说,还有一个人的不在场证据,你们还没确认呢!"

"是谁?"小岚奇怪地问。

"就是我啊!"佩欣笑道。

"你?"晓晴叫道,"不要开玩笑,我们又怎么会怀疑你呢?"

佩欣这时认真了起来,回答道:"我当时也在现场啊,对不对?我曾说过,我在他们四人离开后,也跟着回了家——但这只是我的个人说法。我也可能假装离开学校,实际上偷偷躲在附近,找机会破坏王志杰的试卷呢!"

"别这样说,你又怎么可能这样干呢?"晓星嘟着嘴说,"你根本没有动机啊,你也没有和王志杰吵架,你不可能会……"

"不!"小岚这时却说,"她说得对,我们刚才不是说,任何人都有破坏试卷的嫌疑吗?好吧,我们相信你没有这样做,但我还是要问问你,你在那一天离开学校后,又到过什么地方?"

"我那天放学后,就到了附近的图书馆借书。"倪佩欣认真地回忆着,"我在图书馆里逛了几分钟,临走时借了两本书,之后便回家了。"

"嗯。"小岚想了想,"你离开图书馆时是几点钟?"

"大约是五点零五分吧,由于我是用智能身份证来借书的,所以借书时间记录可以证明这一点。"佩欣想了想,说,"而那间图书馆虽然在学校附近,但一来一回至少要十分钟,所以我是不可能在借书后,赶回学校的。"

小岚点了点头,不过随即她又笑道:"不过,如果你当时叫一个朋友,用你的智能身份证,在五点零五分时到图书馆借书,那么你本人就可以在这段时间回学校犯事了。"

"对哦,"倪佩欣笑了起来,"我怎么没有想到这一点。这样说来,我的不在场证据也有破绽啰,看来我也是嫌疑人之一呢!"

"事实上,当时就读于培进中学的学生,可以说都是嫌疑人呢。"小岚对她眨了眨眼。

"如果是那样的话,我们该怎么调查下去啊?"晓星泄气地说,"希望学校保安能给我们一些线索吧。"

说着,他们一行人已经来到了培进中学的校门口。

虽然是假期,但学校里的工作人员都在。好不容易,大家才问出,原来在一年前那天看守校门的,是一位叫方伯的保安。

"哦,你们是说一年前的那件事?"方伯说,"是,是,我当然还记得。"

方伯的年纪已经挺大了,至少有五十多岁的样子,但身体还是很健壮。只见他一边说着,一边用喷水壶替他心爱的植物喷着水。

"真是一件可怕的事,"他摇着头评论,"啧啧,试卷被人撕碎了,一时承受不了,跑上天台要自杀。幸好让我的一个同事发现了,及时向老师们报告,不然的话一个生命便这样结束了。"

"那么,你当时一直都在看守着学校大门吗?"小岚问。

"是的,是的。我就坐在那儿。"方伯指了指另一端的接待处,"每天四点半放学后,一直坐到七点学校关门。"

"嗯,我这样问可能有点强人所难,"小岚抱歉地说,"请问你还记不记得,那一天放学后,有没有学生曾在五点左右回到学校来？"

"哎呀，这个啊……"方伯皱着眉头，认真地思索着，"那真是很难回答呢！虽然放学后不久，但大部分学生都已经离开了，没有多少学生出入，所以我也很少会注意到他们。通常我只会留意有没有老师离开，和他们说再见，又或者留意有没有家长来拜访，然后替他们登记……"

看来最后还是一无所获呢，小岚心想。

"啊，不过呢……"只见方伯突然皱起眉头，似乎回忆起什么事情，"仔细一想，我的确记得有一位学生，曾经在五点十分左右回到学校来。本来嘛，我是不会特别注意出入的学生的，但我却记得很清楚呢，因为那位学生跑得很匆忙，经过校门时还差点跌倒。"

"那你记不记得这位学生长什么样子？"小岚连忙追问道。

"噢，这个啊，很不好意思，已经记不清了。"方伯道，"我只记得那是一个女孩子。"

"女孩子？"晓晴喊道，"是赖雪玲？"

"这个目前还无法肯定。"小岚说着，再次询问道，"方伯，请你再仔细回忆一下，那位学生长什么样子呢？"

"这个啊……"方伯想着，索性把水壶放下，双手交叉

着放在胸前,努力地回忆着,"我记得她有一头黑色的短发,至于样子嘛……"

说到这儿,他望向小岚她们,似乎想表示抱歉。没想到他眼睛一瞪,突然叫了起来:"哎呀,那天回到学校来的女孩子,不就是她吗?"

他一边说着,一边伸手指向小岚背后。

小岚大惊失色,连忙回过头去,看方伯所指的人……

只见方伯指着的,正是一脸惊惶的陈诺行。

*

"天啊,这到底是怎么一回事?"晓星叫道。

这刻,他们五人已经离开了教学楼,站在培进中学的操场上。

从刚才起,大家就一直在不断地向陈诺行提问;而她也像平时一样沉默不语,一个问题也没有回答。

小岚刚刚才说过,当时所有在这里就读的学生,都可以说是破坏试卷的嫌疑人,而这当然也包括那时仍待在培进中学的陈诺行。现在,学校的保安却告诉大家,在事件发生的时间内,陈诺行她曾回到过学校来。

这到底说明了什么?

大家都对这一切所暗示的事感到不安。难道是陈诺行把王志杰的试卷撕碎的?这根本说不通,她根本就没有动机。但是,她在这个时候回到学校去,又是什么原因呢?所以,大家才会不断追问她,希望她能有一个合理的解释。

但是,陈诺行却一句话也不肯说,这让众人感到更焦急了。

"不要紧的,告诉我们吧,"晓晴劝她道,"我知道你是不可能做出那种事的,你到底回学校干什么呢?"

陈诺行只是一个劲儿地摇头。

就在这时,小岚却突然想到了另外一个可能性。

她连忙走上前去,双手扶着陈诺行,严肃地问了她一句话。

"诺行,你是不是看见了撕破试卷的人是谁?"

听见这句话,大家都吸了一口气。

陈诺行望着小岚只是一怔,没有说话。但众人从她那惊讶的表情,就已经看出小岚猜对了——陈诺行在五点十分回到学校时,要做的事可能和王志杰事件没有任何关系,但当她回到教室大门时,却无意中看见一个人站在王志杰的

认识真正的自己

座位前,从他的背包中掏出一张试卷,然后狠狠地撕碎!

"听我说,诺行,"只见小岚继续道,"我想,我知道'秋天的向日葵'刻意接近你的原因了。请你告诉我,'向日葵'是不是在和你成为好友后,曾经装作无意地问过你,学校里有没有发生过什么学生被欺负的事件?'向日葵'是不是曾经向你打探过,那些欺负其他学生的人的身份?"

陈诺行听后,睁大了眼睛。

"'向日葵'的确曾经这样问你,对不对?"小岚问,"我想,'向日葵'其实就是那个撕毁试卷的人,这人原来以为自己的恶行没有被人看见,后来却不知从什么途径发现,你曾在那个时段回到过学校来。之后,犯事的人非常担心,不知道你是不是看见了一切,为了确认,于是便以'向日葵'之名接近你,打算从你的口中探听你的口风!"

陈诺行露出悲伤的表情,后退了半步。

小岚望着她,一脸诚恳地说:"我不知道,当时你为什么不把这件事说出来,但现在事情到了这个地步,请你告诉我们,当你回到学校时,到底看见了什么?而撕毁王志杰试卷的人,到底是谁?"

陈诺行没有回答,只是摇着头。

"这个人不但破坏了王志杰的试卷,让他心灰意冷,企图自杀,"小岚继续道,"而且还刻意通过互联网接近你,试图套你的话,欺骗你的感情。这种人绝对不可原谅,我们必须把这人揪出来!所以,请告诉我们吧!"

"是啊,尽管告诉我们。"晓晴摩拳擦掌地说,"告诉我们是谁干的,我一定会把那人骂得狗血淋头,替你和王志杰报仇。"

"没错!不可以让这家伙逍遥法外。"晓星说着卷起衣袖,大有准备把那个人拖出来揍一顿的架势。

"不!"没想到陈诺行这时捂着耳朵,大声喊道,"请……不要逼我了,我是不会把那个人的身份说出来的,不……不好意思!"

说着,她便眼泪汪汪地转过身去,迅速跑开,很快就消失在众人的视线中。

看见她的反应后,大家都不禁沉默了起来。

"她为什么要保护那个人呢?"终于,晓星叹着气说,"她明明看见了那人撕破了王志杰的试卷,却又对此绝口不提,这不是在助纣为虐吗?"

"我也不明白。"晓晴则道,"唉,明明只要她肯开口,就可以把犯事的人揪出来的,偏偏她又不肯讲。"

"算了吧,"倪佩欣对晓晴说,"你们就不要逼她了,或

许等她冷静下来之后,就会主动跟你们说了。"

"天啊,我都做了些什么!"这时小岚却一脸后悔地说。

"怎么了?"晓星问道。

"我们一直向她追问凶手的身份,但却没有考虑到她的感受。"小岚用手拍了拍自己的头,"我不知道她为什么不肯告诉我们犯事者的身份,但另一方面,她一直以来都把那个'向日葵'当成自己唯一的朋友,但这刻,她却明白,这一切都是个虚假的谎言,'向日葵'只是想探听她的口风,而不是想和她做朋友——这对她来说,肯定是一个可怕的打击。可我们不但没有尽力去安慰她,反而不断地追问她,逼她把犯事者的身份说出来。这样做……实在太过分了。"

听见小岚的话后,大家都感到无比的内疚。

"哎呀,你说得对,"晓星撇着嘴说,"我们实在太不懂人情世故了。虽然这都是晓晴姐姐她的错。"

"什么?我的错?你也有追问她呢!"晓晴没好气地说。

"我想,我们应该向陈诺行道歉。"倪佩欣也道。

"那是当然的,而且,我们还应该帮助她振作起来,让她开心一点。"小岚说着望着众人,"或许,我们可以为她做点什么……"

认识真正的自己

第 5 章

在这美丽的一天

第二天早上天气晴朗，就连窗外鸟儿的叫声也显得格外欢快。

不过，陈诺行对此并不怎么关心，差不多九点钟了，她仍然疲倦地躺在床上，完全没有起来的意思。

"太阳晒屁股啦，"一个声音轻轻地说，"是时候起床了。"

陈诺行没有理会那个声音，只是不耐烦地转了个身。

直到三十秒后，她才惊觉似的转过身来，睁开眼睛。只见小岚那张灿烂的笑脸出现在自己的眼前。

"哇！"陈诺行吓了老一大跳，惊叫着坐了起来。

"啊，对不起，吓着你了。"小岚有点抱歉地说，"我还以为你已经醒了呢。"

陈诺行一脸的惊魂未定,望望自己的房间,又望望小岚。

"哦,你是在想我为什么会在这儿对吧?"小岚说,"我向学校的老师要了你的地址,然后是你妈妈让我们进来的。其余的人,晓晴、晓星,还有佩欣都在大厅里喝着茶呢!我则是进来看看你醒了没有。"

"我……"陈诺行说着顿了一顿,似乎鼓足了勇气后,才继续道,"别问我了,我是不……不会说出来的。"

小岚疑惑地望了她半响,然后才恍然大悟地说:"啊,你别误会啊,我们不是来向你查问的,这和那件事一点关系都没有!今天我们之所以来,第一,是要来向你道歉——我们昨天实在太过分了,没有理会你的感受,还一起逼你把那人的名字说出来,实在是很对不起。"

"不……要紧。"陈诺行勉强地笑了笑,小声地说,"那么……第二是什么?"

"第二嘛,"小岚对她说,"就是要带你出去好好玩一下!"

陈诺行听后,不明所以地眨着眼睛。

"你看,"小岚说着拿出一张写满了字的纸条,"我们每个人都提了一些有趣好玩的活动,而你一定要来参与呢。"

认识真正的自己

陈诺行望向那张纸条,只见上面清楚地列明了各项活动。

> 今天的行程:
> ☐ 制作曲奇　☐ 骑自行车　☐ 打羽毛球
> ☐ 买衣服　　☐ 唱歌　　　☐ 看灯饰
> P.S. 问问诺行还想做些什么?

看见这一大堆活动提议后,陈诺行望向小岚,欲言又止,似乎拿不定主意。

"诺行。"小岚这时认真地说,"和我们一起出去玩玩吧。刚才你妈妈说,你一天到晚都待在电脑前上网,除此之外什么都不干,这样不太好呢。你当是为了自己,也算是给我们一个补偿的机会,和我们出去吧!说不定你会喜欢呢。"

陈诺行转过头去,望向床边那部一直陪伴着自己的电脑,想了好一会儿。

最后,她深吸了一口气,问道:"你们……绝不会问我那件事?"

她所指的,当然是一年前试卷被撕坏时,她看见了犯事者的事。

"绝对不会。"小岚举起右手,做宣誓状,"我答应你,如果今天我提起那件事,我就是……嗯,我就是说话不算数的大话精,下辈子都长着长鼻子。"

听了小岚的话,陈诺行笑了。

"这么说,你肯和我们一起去玩了?"小岚问。

陈诺行点了点头。

*

他们今天的第一个活动,就是制作曲奇了。只见桌子上堆满了各种各样的材料,这都是小岚他们在来到之前就已经买好的。

大家先把黄油、糖和盐一起放进搅拌机里拌匀,拌得差不多后,便加入鸡蛋、蛋糕粉和芝士粉。晓星他坚持要做巧克力味的曲奇,便把可可粉也加了进去。接下来,把拌好的面糊放到大托盘上面后,便是最重要、也是最有趣的制作步骤了——大家都各自把面糊捏成不同的形状,看看谁得最好看。

最有表演欲的晓星当然不会放过这个展示自己"个性"

的机会，连忙用面糊捏出各种"高难度"的形状来，什么"咸蛋超人"造型啦、"外星人"造型啦、"战斗机"造型啦、"爆旋陀螺"造型啦……不过，实际上他所捏的形状都是一个样儿，全都像些变种马铃薯，让人完全看不出一个所以然来。看见那些古怪的造型，大家都纷纷表示不会吃他做的曲奇。

至于晓晴嘛，也不甘于平凡，打算把各个明星的样子做进曲奇里。当然，她的努力最后还是以彻底失败告终。

"嘿，大家看看这像谁？"晓晴把一个捏好的曲奇拿给大家看。

"这个，我知道我知道，"晓星兴奋地举起手说，"是不是科学怪人？"

"这是刘德华！刘德华啊！"晓晴没好气地说，"你一定是有意捉弄我的，小岚，你最诚实了，你看看，这像不像刘德华？"

小岚盯着曲奇看了一会，才说："像，当然像。"

晓晴一脸胜利地望向晓星。

没想到小岚接着又补充道："如果刘德华去演科学怪人，一定就是这个样子。"

众人听后都忍不住大笑起来，把晓晴气得满脸通红。

"是啊！"倪佩欣笑着说，"这可完全不像刘德华，你可别诋毁人家的偶像。"

"那让我看看,你们的曲奇又好到哪里去?"晓晴哼了一声。

至于倪佩欣和小岚的曲奇,可以说是最正常不过的了,圆圆的曲奇上有着螺旋状的花纹。不过,出乎所有人的意料,陈诺行所捏的曲奇,竟然非常漂亮呢!

只见她一会儿捏出可爱的小狗,一会儿捏出胖嘟嘟的小猪,一会儿又捏出小羊、小白兔、企鹅等动物,全都像极了,漂亮极了,让人爱不释手。

"好厉害!"连晓晴也不禁赞叹道,"虽然很不服气,但你的曲奇造型是所有人之中最棒的。你怎么做到的?你平时经常做曲奇吗?"

"没啊……"陈诺行微笑着,"我……是第一次做曲奇呢!"

"这就是天分啊!"晓星叹息道,"人家有烹饪天分嘛,晓晴姐姐你学煮东西学了那么久,做出来的菜式都是色香味皆无呢!味道不是最可怕的,那个卖相啊,让我几乎每晚都会做噩梦。"

"你说什么!"晓晴气得顺手拿起桌子上的勺子,追打起晓星来。

"救命啊!姐姐她平时煮饭下毒未遂,现在要谋杀亲弟

认识真正的自己

弟啦！"只见晓星边逃边喊，把陈诺行也引得捂着嘴笑了起来。

最后，晓星当然没有被谋杀，只是头上多了两个包而已。

大家把曲奇放进烤箱烤好后，便纷纷趁热吃了起来。

吃过早餐后，他们离开了陈诺行的家，开始进行下一个活动。

*

今天的天气很适合骑自行车。晴天且多云，云朵把猛烈的太阳光挡了一大半，还有阵阵凉风拂面，让人感觉十分舒服惬意。

小岚他们一人骑着一辆自行车，飞驰在海滨长廊长长的自行车道上。自行车道两旁的景色怡人，郁郁的树木和五彩的花丛一直延伸到无限远，骑着车穿梭在其中，令人心旷神怡。

难得来到户外，吸吸新鲜空气，让陈诺行的心情变好了不少。要知道，她平时都只是待在家中对着显示屏，除了吃饭和上洗手间外，从不会离开座位。直到现在，她才意识到，自然世界比互联网精彩得多呢。

刚开始时，陈诺行可以说完全不懂得骑自行车，没骑几米便要失去平衡，不过在小师傅晓星的教导下，很快就适应了。她的学习进度让人吃惊呢！一般人要学会骑自行车，少说也要几小时，甚至要好几天，但她不过是在出租自行车的车场里踩了两圈，便已经可以摇摇晃晃地坚持踩上几十米了；又过了十多分钟，她便已经可以踩直线，一直跑上好几圈都不跌倒，除了转弯时有点不稳外，基本上已经赶上其他人的熟练程度了。

　　晓星说这是名师指导的效果，但大家都知道，这是因为陈诺行有天分而已。

　　现在，当她和众人一起，驾着车行驶在海边长廊时，她已经完全习惯了靠两个轮子来保持平衡的感觉了。

　　"我说，诺行你真是太厉害了！"在她身后的晓星边蹬车边说，"竟然在半小时内学会骑自行车，要知道，当年我这个天才也足足学了十分钟呢，嘿嘿！而至于我的姐姐嘛，就更不要提了，她足足学了十多年……直到现在都学不会呢。"

　　他指了指身后，只见晓晴正骑着那些初学者使用的"学行车"——后轮有两个辅助轮支撑着的那一种，正慢悠悠地骑在队伍的最后。

　　"你别以为我在后面就听不见！"晓晴气呼呼地喊道，

"你是在奚落我到现在都不会骑自行车吧,对不对?"

"你说什么?"晓星故意装作听不见,"你在那么远我可听不见呢!"

晓晴于是连忙加快速度,骑上前来,打算用拳头袭击晓星。

"哎呀!你捉不到我。"晓星立即又骑快了一点,跑到队伍最前边去了。

"你!"晓晴又气又累,边骑边喊,"不要让我捉住你!"

"放心吧!你慢得像乌龟,

又怎么可能捉到我。"只见晓星回过头来大笑道,一边还加快了速度。

"你给我小心点……"晓晴大叫。

"哈哈!尽管威胁我吧,反正捉不到我。"晓星仍旧大笑着说。

话音刚落,他便连人带车撞上路旁一根大灯柱,人仰"车"翻。

"我不就是叫你小心点那根灯柱嘛!"晓晴说着,便和大家一起上前查看。

"你没有受伤吧?"小岚来到神志不清的晓星面前,伸出三根手指,关心地问道,"这儿有几根手指?"

"店小二何以不肯卖酒给我吃?"只见晓星一时搞不清楚状况,

认识真正的自己

大声喊道,"我又不曾醉!便是真有老虎,我也不怕,尽管让我过冈去!"

看来这小子被撞傻了,把自己当武松了。

"喂!你醒醒,要不要带你去看医生?"晓晴望着他道。

"竟有如此之大的老虎!"晓星一惊,"吓得我酒都当冷汗出了!"

"你说谁是老虎?"晓晴气得给晓星的脑袋就是一拳,倒是把他打清醒了。

"什么事?"晓星手脚乱舞了一番后,问道,"啊,我刚才不知为什么梦见自己是武松,正被老虎袭击呢!说起来,那老虎还挺像晓晴姐姐你的。"

晓晴听后又给了他一拳,这次幸好没有把他打回之前的样子。

大家看见晓星没事,便继续骑自行车,一边欣赏沿途的风景,最后来到了目的地,把单车交还。

他们马不停蹄,立即便准备进行下一个活动了。

*

"嘿!"陈诺行一个扣杀,把球网对面的晓晴打得找不着北。

"十二比三!"旁边的晓星随即宣布道。

第一届晓星杯羽毛球女子双打决赛正在激烈地进行当中,在这场比赛中,陈诺行和小岚一组、倪佩欣和晓晴一组,而晓星则说自己不欺负女孩子,所以自愿当裁判(实际上他是不会打羽毛球)。嗯,你问目前的比赛成绩?这个嘛,总的来说,双方基本上是不相上下……咳,好吧,应该说是陈诺行那组以绝对的优势领先。

之所以有这样悬殊的分数,完全是陈诺行的功劳。只见她在球网前左蹿右蹿,一会儿侧身反手击球、一会儿飞身扑地救球、一会儿跳高正手抽球,把对手的球统统挡了回去,让人看得眼花缭乱。而小岚除了在后方偶然传一下球外,几乎什么都不用做。

"停停停!"这时晓晴喘着气说,"你们实在太厉害了!留点分给我们吧。"

"这可和我无关,"小岚一脸无辜地摊着手,"如你所见,我方的主将可是陈诺行呢!老实说,我已经有差不多五分钟连球都没碰过。"

"是啊,陈诺行的球技实在太棒了!"一旁的晓星也赞道,"可以说及得上我的……嗯,一半功力了。"

认识真正的自己

"依我看,你恐怕连球拍也不会拿吧。"晓晴盯着晓星说。

"你真的很厉害啊,"倪佩欣笑着望向诺行,"我可不知道你是打羽毛球的高手呢!"

只见陈诺行有点腼腆地笑了笑,说:"真……有这么厉害吗?我……在学校的体育课成绩也是一般般。"

"这和成绩有什么关系呢?"小岚笑道,"你知道吗?你打得那么好,你应该加入学校的羽毛球队呢!"

陈诺行惊讶地望向她,连忙说:"我……我真的可以?"

小岚肯定地点着头。

"但……但我想校队应该不会接受我。"没想到诺行却突然沉下脸来,喃喃地说,"即使我加入了,我……连话都说不好,怎么跟他们交流?"

小岚立即走上前,伸出手放在她的肩膀上。

"可能你没有留意到,你现在跟我们说话,不是已经很流畅了吗?"小岚提醒道,"我想,你只有跟不熟悉的人说话时才会害怕,如果是朋友的话,就完全没有问题了。"

陈诺行望着小岚,怔了好久,最后露出了感激的眼神。

"我相信这只是时间问题。"小岚补充道,"你要克服这一切,就要主动去和别人说话,刚开始时,你或许会说不出口;但我相信,只要你不断努力,就一定可以渐渐适应,冲破障碍，成功把话说出口。"

陈诺行笑了，有点尴尬地擦了擦眼睛，然后问道："你相信我？你相信我能办得到吗？"

"我相信。"小岚说，"想想你用了多久就学会骑自行车了？我相信你也很快能学会，如何在说话时不怯场。要知道，一旦你学会了骑自行车，你就永远都不会忘记怎么骑；同样道理，一旦你明白和别人面对面交谈并不是什么大不了的事，那你就永远都不会再害怕说话了。"

"谢……谢谢你。"陈诺行望了望小岚，又望了望众人，"谢谢你们。"

大家都笑了。

"嘿，真的要谢谢我们的话，就让我们重赛一次吧。"晓晴笑着喊道，"而且这次你必须一个人对付我们两个，那才会公平一点。"

陈诺行想了想，微笑着回答："要不……小岚过去你们那边，你们三个对我一个吧，这样你们的机会会大一点。不过……只是大一点点而已。"

"哇！好大的口气。"晓晴说，"好！我们奉陪。"

于是，小岚、晓晴和佩欣便组成了团队，迎战陈诺行。

那么结果如何呢？她们当然还是输了。

认识真正的自己

*

当他们终于尽兴离开球场后,便径直来到了一个大型商场里。

"我们……来这儿干什么?"陈诺行奇怪地道。

"这还用问吗!"晓晴说,"每一个女孩子每一天都必须在商场逛一个小时以上,这可是很正常的事!何况,今天我们来,是为了帮你变美呢!"

"啊?为什么?这……不用了。"陈诺行好像被吓着了。

"当然要,"晓晴把诺行拖进一家时装店里,说,"放心啦,这儿的衣服很便宜呢,就连我这个零用钱少得可怜的人都买得起。"

"我不是这个意思啦。"诺行说。

"喂,姐姐。"晓星说,"你不会是在暗示,诺行她的衣服不够漂亮吧?"

"没有够漂亮,只有更漂亮。"晓晴用自己想出来的"金句"反驳道,"你知道,我们现在是要让诺行她变得更有自信嘛,只要她穿得漂漂亮亮的,自然就更有信心说话啦!不是吗?"

"明明是你自己喜欢购物而已。"小岚拆穿她道。

"好啦好啦。"说着晓晴搭配了一大堆衣服,并塞给陈诺行,"快点试试吧,不找到适合你的衣服,不准踏出这家店哦。"

于是,陈诺行只好抱着衣服勉强地走进了试衣间。

不一会儿,她从试衣间里走了出来。

T恤配牛仔裤——普通了一点。于是她立即被晓晴赶回了试衣间。

格子衬衫加上卡其短裤——太男孩子了!晓晴看了后直摇头。

长袖蓝色毛衣配白色裙——这可不是在上班呢。晓晴丧气地用手捂着脸。

连衣裙加上短外套——太隆重了,去参加舞会倒合适。这是晓晴的评语。

就是这样,差不多试了十几套衣服后……

陈诺行再次从试衣间里走了出来。只见她穿着一件白色的条纹T恤,外面套着一件短袖的粉紫色外套,还穿了一条深色的中长裙。

这真的非常适合她,让她看起来非常可爱呢。

"哗,仙女下凡。"小岚喊道。

"哗,港姐出巡。"晓晴则喊。

认识真正的自己

而至于晓星一看，便红了半边脸，马上望向天花板，不断对自己说："不能多看，不能多看，不能多看……"

倪佩欣走上前去，拉着陈诺行的手，由衷地说："你这样穿实在是太漂亮了，恐怕很多人都会被你迷倒呢。"

"真……真的？"诺行有点不好意思地说，"谢谢。"

"这样就太完美了！"晓晴道，"你现在可以充满自信地去和男孩子说话了，嗯，老实说，他们看见你这么可爱的样子，根本就不会记得你说了些什么；就算你一时之间说不出话来，那效果更好，男孩子只会认为你是个冰雪美人呢！"

"喂，你说得诺行现在就要去结识男孩子似的，"小岚笑着说，"人家现在是要去交更多的朋友呢。"

"哎呀，穿得漂亮一点，无论认识谁都肯定得心应手。"晓晴一边说一边指着自己，"就拿我来说，朋友多得数不过来，喜欢我的人也不知道有多少，不就是因为我懂得打扮，加上我如花似玉……"

刚好在喝水的晓星听了，"噗"的一声把嘴里的水喷出。

"喂！你这是什么意思？"晓晴不满地说。

"没什么。"晓星连忙装出一副正经的样子来，"我只是刚刚想起了几个成语，第一个是'不自量力'、第二个是'自以为是'、第三个是'贻笑大方'……"

"你这小子!"晓晴露出一脸凶相,卷起衣袖冲向晓星。

晓星一边逃跑,一边还在不断地念着:"'自命不凡''自鸣得意',噢!还有一个是'不知天高地厚'……"

"你有胆就别跑!"晓晴喊道。

看见这两姐弟差不多要把时装店弄得天翻地覆,小岚只能摇头叹息。

*

晚上,小岚一行五人倚在海滨大道的栏杆上,看着大海对面的美丽灯饰。

地平线上,无数镶嵌在大厦上的"星星"组成了一条亮闪闪的、五彩缤纷的人造"银河",它们有的组成高大的圣诞树、有的组成胖胖的雪人、有的组成拉着圣诞老人雪车的驯鹿……这些组合让人眼花缭乱,几乎每一刻你都会有新的发现。这景致的壮观与迷人,没有任何言语能准确地形容,因此,在场没有任何人有说话的意思,大家只是静静地欣赏着、遐想着。

不过最后,晓星还是忍不住诗兴大发,喊了一句:"看

见此情此景，我的人生已经完整了，真是死而无憾啊。"

"那我是不是可以把你推到海里去了？"晓晴回答，并作状要推他。

"不急，不急。"晓星忙道。

"哼！只懂得耍嘴皮子。"晓晴说，"不过嘛，这里的确漂亮极了，可以说为这充实的一天画上了完美的句号呢。"

旁边的陈诺行听后，暗暗点头同意。

是的，这真是非常完美的一天。她这样想道。

在几小时前，他们一行人在KTV里，几乎把所有大热的流行歌曲都唱了个遍。虽然陈诺行她并不是太会唱歌，但都会和其他人一起打着拍子，偶尔也会一起和唱着，玩得非常尽兴。

在唱过歌后，他们一起去附近的餐厅吃了一顿丰盛的晚饭。然后，他们便慢慢地散着步，走到维多利亚港的海滨大道，迎着清爽的海风，欣赏对岸的圣诞灯饰，一直待到现在——少说也已经待了一个小时以上了，但还是舍不得离开。

陈诺行也不想这一天那么快结束呢，即使不去玩、即使不去什么特别的地方，只要继续和小岚这些朋友待在一起，就已经足够了。不过，也不要紧，今天结束了，还有明天、

认识真正的自己

后天、大后天呢……

想到这儿,陈诺行脸上露出了发自心底的微笑。

"哗,原来已经差不多十点钟了。"晓星看着手表说,"这下回去一定会被爸妈骂了。"

"噢,对了。"晓晴也觉醒似的说,"我们必须在十一点前回到家去呢。"

"你们的父母对你们那么严格吗?"倪佩欣奇怪地问。

"这是我们家的家规。"晓晴解释道,"这完全是针对我那顽皮的弟弟,要是让他那么晚还在外边游荡,肯定会闯上不少祸。这下完了,从这儿坐公交车回去至少要花一个多小时呢!肯定会被骂了。"

"你们可以坐小巴啊,"佩欣这时说,"我知道有一条路线的小巴,可以直接回到你们家附近,虽然稍微贵一点,但至少可以节省半个小时呢。"

"那就好了,幸好有你在。"晓晴松了一口气。

"原来如此啊。"这时小岚仿佛想到了什么似的,喃喃自语道。

"什么?"晓晴听见后,便问道。

"啊,没什么。"小岚回答,"只是突然想起一些事情。不过还是明天再说吧,我可不想下辈子长长鼻子。"

"完全不知道你在说啥……"晓晴说,"好啦,我们都该回家去啦。佩欣你的家离陈诺行比较近,就麻烦你送她回去啰。"

"没问题,包在我身上。"佩欣说。

就在众人要分别时,陈诺行突然问道:"嗯,我们以后……或者偶尔也一起出来玩吧,可以吗?不过,如果太花大家时间的话……就不用了。"

"你在说什么话?"晓晴喊道,"我们明天还要一起出去呢!你知道,你今天只是买了一套衣服,这可远少于我每天买衣服的平均数量。明天你一定要跟我去扫货。"

"是啊,"晓星也应和道,"我们明天还有很多活动呢!去画室绘画、去打乒乓球、去吃雪糕。你应该也会一起来吧,除非你有其他事情要做?"

"没有!"陈诺行连忙道,"当然没有,我一定到。"

"那明天早上再打电话联络吧,不要睡过头哦。"小岚说。

"一定。"陈诺行笑着回应道。

于是,他们便在一片欢笑声中道别了。

认识真正的自己

第6章

显示为离线

第二天早上,陈诺行起得特别早。

如果在平时假期的时候,她肯定会睡到十二点之后,才慢悠悠地起来,随随便便吃过中午饭后,便在电脑前面度过一整个下午。

但今天,她却像期待什么似的,没到八点便已经睁开了眼睛,迫不及待地刷好牙、洗好脸、穿戴整齐,然后坐在床边,盯着闹钟,等待着小岚他们的电话。

很快,我便又可以和朋友一起出去玩了。她心想。

对陈诺行来说,一直以来,只有寥寥几件事能值得她期待。例如有一次,她还在读小学时,爸妈终于答应带她到海洋公园玩，在之前的那一晚，她高兴得睡都睡不着，结果第二天还是带着一双"熊猫眼"去的；另外一次，她和家人准备从小房子搬到大房子去，之前那天，他们全家一起收拾东西，收拾到半夜一两点，但诺行却完全不感到累，心里只充斥着兴奋的心情……

除此之外，她就从没试过如此期待一件事情的发生了。

当然，还有一次，那就是她和"向日葵"刚成为朋友的那天晚上，她也是高兴得睡不着觉，她只希望第二天赶快来到，待"向日葵"上线后，她们便可以继续谈天说地了。

现在想起来，那种期待让人感到有点可笑。

陈诺行又怎么可能想到，这个"向日葵"，其实根本就不想和她交朋友？

就在前天，当她意识到"向日葵"的真正目的后，整个晚上都辗转反侧，还忍不住哭了好几次。她真的不敢相信，这个曾被她当成是唯一知己的"向日葵"，竟然是个可恶的骗子！

虽然她不想承认，但小岚说得对。"向日葵"的确曾经装作无意地问过她，是不是曾经目睹过学生被人欺负，甚至还问，如果她见过，那么这个人是谁。当时，

认识真正的自己

虽然"向日葵"多次追问,但陈诺行因为种种原因,并没有把王志杰那件事说出来。现在她才意识到,这才是"向日葵"接近她的真正目的——想探听她的口风、想套出她的话,想知道她到底有没有目睹,撕毁试卷的人到底是谁。

事实上,她的确看见了。

陈诺行还记得,那天她像平时一样放学,差不多走到地铁站时,才突然发现自己忘了拿钱包。没有钱包,她根本就坐不了地铁,于是她只好立即赶回学校去。而这,就是她急急忙忙地冲进学校大门的原因。

但她怎么都想不到,自己会在教室大门外,看见那件可怕的事。

她从教室大门的玻璃窗上,亲眼看到那个人站在王志杰的座位前,把他的试卷撕得粉碎。

那一刻,她害怕极了,迅速逃离走廊。或许就在这时,那个人也听见了她的脚步声吧……她不知道,她只是被那人撕试卷时凶狠的表情所吓怕了,只懂没命地逃,逃出了走廊、逃出了校舍,一直到地铁站附近,才停了下来。

那天她并没有拿回自己的钱包,最后,她是走回家的。虽然只是几个站的距离,但仍然花了她一个多小时,差不多吃饭的时候,她才回到家去。

然后第二天,她便听说了王志杰的事情。

但她没有把她所看到的事告诉任何人。

后来,似乎有人曾看见她回到过学校,并把这件事告知她的班主任;于是,为了调查真相,老师曾经把陈诺行叫到办公室去,向她询问这件事。

但没有,她仍然没有把这一切告诉她的班主任,她在整个过程中,只是在不断地摇头,既不承认自己曾回过学校,也不承认自己看见任何事情。最后,班主任只好不再追问下去。再之后,这件事也就不了了之。

在小岚再次调查之前,陈诺行几乎已经完全忘记了这件事。

为什么她不肯把犯事者的身份告诉别人?

关于这点,陈诺行她自有原因。

她有自己的想法。不过,即使她想,她也不知道该怎么向别人解释。她明白小岚她们决心要把撕毁试卷的人揪出来,但是,她不希望小岚成功,她不希望犯事者的身份被公之于众。

即使那个犯事者真的以"向日葵"的名义欺骗了她,她也不想说出那人的身份,她不想。

认识真正的自己

　　小岚她们肯定对此感到无法理解吧。不过，或许她们迟早都会明白的……

　　此刻，陈诺行只想把那个撕试卷的人、把"秋天的向日葵"统统抛在脑后。她只想和她的朋友们一起，无忧无虑地度过另一个难忘的假日。

　　带着这样的想法，陈诺行打开了她的电脑；离小岚他们来电，说不定还有好长一段时间呢，她本来只是想上一会儿网，打发一些时光……

　　她的电脑被打开后，便自动地登录了聊天软件。

　　陈诺行难以置信地望向好友列表。

　　只见"秋天的向日葵"的名字赫然出现在上线的名单中。

　　在消失了整整四天后，"秋天的向日葵"回来了。

　　陈诺行怔了好一会，最后，才伸出颤抖的双手，发出四天来的第一个信息。

*

显示为离线

> 请告诉我,你真的是想跟我交朋友吗?

 ……

> 你为什么不说话?

 ……

> 你之所以和我成为朋友,只是为了套我的话吗?你就是那个撕毁试卷的人?

 ……

> 拜托你告诉我吧!我真的想知道!

 你自己明明已经知道了,又为什么要问我呢?

> 你这是什么意思?

还用问吗?我的确只是来探听你的口风的。

认识真正的自己

> 真的?这全是真的?我不敢相信!

是的,这是真的。当你和你的朋友来我的家查问我的不在场证据时,我真的吓了一大跳。我还以为你已经跟他们说出了一切。不过,看来他们没有特别怀疑我。

> 我没有说,我没有说出来。

那才识相。如果你说出来,我可不会放过你。

> 你为什么要这样做?为什么要用假身份来欺骗我?你知道吗?我真的把你当成了知己!

真是个天真的女孩。别人没告诉你,千万不要轻易相信网上的人所说的话吗?

> 你知不知道,这样做是错的!你让我伤心透了!

显示为离线

有时候,你要达到某种目的,就要不择手段。我想知道你有没有目睹我做的事,但我知道直接问你,你肯定不会承认,所以便被逼用这种方法来接近你了。哼,老实说,你这个人还真好骗呢。

不!你怎么可以这样对我?难道你就没有一点儿良知吗?

随便你怎么说吧,老实说,这又有什么大不了的,我可一点也不内疚。

不!我不敢相信,这是我一直以来所认识的向日葵吗?!

当然不是。一直以来我和你说的话,都只是些东拼西凑的东西,大部分来自那个倪佩欣的日记,除此之外的东西,也是我即兴创作出来的,当然没有一句话是真的。

那么一直以来,你都没有把我当作朋友?

认识真正的自己

你到底烦不烦？这不是很明显吗？我只是为了套你的话而已，除了想知道你有没有看见我撕毁试卷，就没有其他目的了。

那，你为什么要撕毁王志杰的试卷？真的只是因为他所说的那几句话？

还有其他原因吗？那家伙竟敢诋毁我们，说我们是一群找不到工作的人，他实在是太过分了。我必须替其他人争回这一口气，所以便给了他一点小小的教训。这没什么大不了的。

没什么大不了？你几乎把他逼得自杀啊！难道你对此没有感到一点儿内疚吗？

没有，虽然在撕毁王志杰的试卷后，我的确曾经有点儿害怕，害怕被别人发现，但是，我可毫不后悔。那家伙可是咎由自取，这一切都是他的错，如果他没有激怒我们，我又怎么会针对他？

显示为离线

你怎么可以这样说!你就连一点儿同情心都没有吗?何况他根本没有一点儿要得罪你的意思!这都是误会!他不过是患有轻微的心理疾病,所以才会那样回答你们!

就像你一样是吧?不好意思,要我喜欢你们这种人,我可办不到。现在我已经知道你看见了什么,我想我们的谈话就此结束吧,反正我也不想再假装和你是朋友了。

不!请等一等!

我们没有什么好说的了。对了,给我听着,你可绝对不可以把我的身份告诉任何人,不然的话,我会不高兴的。我不高兴,说不定会撕掉你的试卷、剪烂你的书包、砸坏你的电脑!你最好永远闭上你的嘴巴,不然,别怪我没有警告过你。

不,等等!我还有话要问你!

认识真正的自己

联络人名单上显示"秋天的向日葵"已经离线。

任凭"灰色小兔"发送什么信息,"秋天的向日葵"都没有回应。看来,"秋天的向日葵"把"灰色小兔"拉黑了。

*

此刻,陈诺行再也忍不住了,眼泪夺眶而出。

虽然这一切早就已经从别人的口中得知,虽然早就已经有了心理准备,但当她直接面对这个残酷的真相时,还是发现自己接受不了——一直以来陪伴她的、一直被她当成知己的人,根本就是一个幻影、一个假象、一个戴着假面具的骗子。那个对她关怀备至、体贴入微的"向日葵",根本就不存在。

陈诺行不禁想起,在那百无聊赖的星期六晚上,"向日葵"和她一起聊自己喜欢的电影,一直聊到凌晨三点都不肯睡觉;她不禁想起,在派发成绩的那天,她排进了班级的前五名,"向日葵"如何用各种俏皮话向她道贺,让她心里甜滋滋的;她不禁想起,当自己被同学排挤而感到失落时,"向日葵"又怎么鼓励她、替她打气,让她觉得,即使整个世界的人都与她为敌,还是肯定会有一个朋友义无反顾、奋不顾身地站在她的身后,替自己加油……

"向日葵"曾是她友情上的唯一寄托,但到了最后,她才发现,这一切一切,都只是个天大的谎言。

陈诺行终于崩溃了,放声哭泣起来。

客厅里的电话响了一次又一次,但在极度的悲伤中,她完全没有留意到。

她的父母已经上班去了,因此,没有任何人去接电话。

电话铃声停了一会,又再次响了起来,这次足足响了三十多次,最后,在没有任何人搭理的情况下,电话铃声终于沉默了。

*

小岚把电话放下。

此刻,她正身处在自己的家中,晓星和晓晴两人则坐在旁边。

"还是打不通,"小岚有点担心地说,"真奇怪。"

"奇怪个什么?现在才八点半多一点,人家恐怕还没醒呢。"晓晴则说。

"响了这么久,应该连聋子都听见了吧。"小岚摇了摇

头,"我觉得有点儿不妥,我想我们应该马上去陈诺行的家找她。"

"我们离她家很远呢,"晓星嘟着嘴,"坐车最快也要一个多小时。"

"也对,"小岚想了想,"倪佩欣离她比较近,或许我应该打给她,叫她去找陈诺行。"

晓晴露出一脸古怪的表情,问道:"怎么啦?我不觉得这有什么好担心的,她昨天还和我们玩得挺愉快。放心吧,没事的。"

"我不知道。"小岚一边拨打电话,一边回答,"或许只是我多心,但还是叫倪佩欣去查看一下比较好。"

很快,电话就拨通了。

"佩欣?"小岚叫道,"是的,我是小岚,你能去陈诺行的家中看看吗?"

*

倪佩欣在十分钟后,便来到了陈诺行的家门前。

足足按了七八下门铃后,陈诺行才终于前来应门。不过,她只是把门打开了一条小缝,语带哭音地说:"对……不起,走吧，我很想一个人静一静。"

只见，此刻陈诺行已是满脸泪水，眼睛红得厉害，声音沙哑，明显刚刚才大哭过一场。

"天啊，诺行。"佩欣惊叫道，"到底发生了什么事？"

"请……离开我吧，我现在……真的……"陈诺行说着，眼睛又湿润了。

"不，"佩欣立即道，"不管发生了什么事，现在你最需要的，是朋友的陪伴。就算你不想解释，也求求你，让我进来吧。"

陈诺行望了她半晌，终于不再固执了，把门打开，让佩欣进入屋子。

佩欣扶着诺行走回房间，让她在椅子上坐下，然后拉着她的手，关心地问道："好了，一切都会没事的。现在，能不能告诉我，到底发生了什么事？昨天晚上，你的心情明明还是很好的，为什么

认识真正的自己

过了一个晚上，就突然变得这么糟？"

"我……"陈诺行欲言又止，"我不……"

倪佩欣望向旁边的电脑。只见聊天对话框还没关，佩欣用鼠标，把刚才的对话从头到尾看了一遍后，便立即回头对诺行说："那个'向日葵'来找你了？真有胆子啊，这家伙辜负了你的信任，现在还有脸来找你聊天！"

陈诺行只是摇着头，一句话也说不出来。

"听着，诺行。"佩欣把手放在陈诺行的肩上，诚恳地说，"请你告诉我，那个人到底是谁？"

陈诺行猛地抬起头来，望了佩欣几秒钟，便用力摇着头。

"求求你，告诉我吧！"佩欣几乎是在央求了，"那个家伙这样对你，你也要护着那人？这个人，不但恣意地破坏别人的物品，差点让一个人失去宝贵的生命，还冒充网友接近你，向你套话，无耻地欺骗你的感情。这样一种人，必须为自己的所作所为负上所有责任！"

"请不要逼我……我真的不想……"陈诺行闭上眼睛，用手捂着耳朵。

佩欣这时表情变得很严肃，一字一句地说："听着，诺行，你必须把这个人的名字说出来。你这样做，不但是要让那个人得到应有的惩罚，也是要避免更多人被蒙骗被欺负啊。你明不明白？"

陈诺行睁大了眼睛，望向佩欣。

佩欣继续说："那个人在做出那种过分的事情后，根本毫无悔意，所以才会重蹈覆辙。一年前的王志杰事件，幸好最终没有酿成悲剧，但如果我们没能制止这种欺凌行为，没有对进行欺凌的人加以惩罚，那以后很可能还会有欺凌事件发生，那时受害者或许就没有那么幸运了……"

陈诺行听后，心里不禁感到不寒而栗。

"所以，我们必须让那人的丑行暴露在光天化日之下，让他受到惩罚。"佩欣说，"一旦那人知道欺负弱者会有什么严重后果，知道会被社会所唾弃后，才有可能停止这种可怕的行为！"

只见诺行不断地眨着眼睛，显然心里很是矛盾。

"所以，请把那人的名字说出来吧。"佩欣望着诺行，"这样做不但帮了你，帮了王志杰，也帮助了那些可能的受害者啊。"

过了很久，诺行终于说出了一个名字。

认识真正的自己

*

当小岚他们三人赶到诺行家，已经是差不多一个小时后的事了。

陈诺行垂头丧气地把大门打开，让一众人进入家中。

"你看起来糟透了。"小岚看见她的模样，心痛地问，"到底发生了什么事？佩欣呢？她没有来找你吗？"

"她……已经来过了。"陈诺行慢慢地走到沙发边上，坐了下来，"不过，她又离开了。我不知道……我不知道这样做到底对不对。天啊……真希望我的决定是对的。"

"什么是对的？"小岚忙问，"你的话，到底是什么意思？"

"我……"陈诺行望了望房间中的电脑，"我把那个人的身份告诉了她。"

"那个人？"晓晴喊道，"你是说那个破坏试卷的人？啊，这就好了，你应该早说出来嘛。告诉我吧，那人是谁？我要去把这家伙打个落花流水。"

"不，你们不明白……"陈诺行叹着气说，"我不肯把那人的名字说出来，是有我的原因的。即使到了现在，把名字告诉佩欣后，我还是很后悔……我不应该这样做，我不应该把一切都归咎于那个人……"

"你在说什么啊?"晓星有点恼火,"那个人是应有此报呢。不过,尽管你不愿意,也请你告诉我们吧。反正,你都已经告诉了佩欣,我们迟早都会知道。"

"不。"陈诺行还是很抗拒,"我不想说……"

"是张俊斌,对不对?"小岚突然道,"撕毁试卷的人,就是他,不是吗?"

陈诺行听后,惊讶不已。

"你……怎么会知道?"她问道。

"我是在昨晚突然想到的。"小岚解释,"佩欣昨晚曾经说过,坐小巴比坐公交车要快得多,至少可以节省半小时以上的时间。于是,我便想,没错,张俊斌坐公交车的话,的确要花上四十分钟,但他回家的路上还有其他更快的交通工具。我昨晚上网查了一下,发现有一路价钱贵点的专线小巴,可以让张俊斌用二十分钟就可以到家了。所以,事情很简单,张俊斌和大家分开后,在众人面前上了公交车,过了一个站后下车,跑回学校,找机会撕毁试卷,然后再坐小巴准时回到家。"

"但是,这也只能代表他的不在场证据不够充分而已啊!"晓星思索着问,"无法证明他就是撕毁试卷的人吧。

认识真正的自己

你又是怎么知道的?"

"在知道张俊斌失去了不在场证据后,我便把他前天的证词重新审视了一遍。"小岚继续道,"很快我便发现了一个有趣的细节。张俊斌曾经说过王志杰他'吵不过别人就哭鼻子',但我仔细回忆过所有人的证词后,却明明记得,当他们四个人离开教室时,王志杰并没有哭!而在佩欣清洁好教室后,准备离开时,才看到王志杰流眼泪。问题就来了,为什么张俊斌会说王志杰'哭鼻子'呢?除非,他在离开后,又返回教室来,偷偷地看见王志杰哭泣,才有可能知道吧。所以,我便推测撕毁试卷的人是他。"

"是的……撕毁试卷的人,就是张俊斌。"诺行这时承认道,"但我仍然不肯定,大家到底应不应该知道这个事实。"

"到底发生了什么事?"小岚关心地问,"你为什么要这样维护张俊斌?能告诉我们吗?"

陈诺行没有回答,只是指了指电脑屏幕。

三人于是立即凑上前查看。当他们把对话看了一遍后,才恍然大悟,明白了事情的缘由。

但小岚却似乎还有其他的想法,她打开聊天记录,仔细地看诺行和"向日葵"过去的对话。之后,她站了起来,

显示为离线

一边思考,一边在诺行的房间里踱着步。大家看见她这样子,都用疑惑的眼神看着她。

终于,晓星忍不住问道:"小岚姐姐,你到底在想些什么?"

小岚这时停了下来,向陈诺行问了一个问题。

认识真正的自己

"倪佩欣离开时,有没有说她要到哪儿去?"她问。

"她说要去学校办点事。"陈诺行露出奇怪的表情,"为什么这样问?"

只见小岚一脸凝重。

"诺行。"她突然说,"我想,我知道'秋天的向日葵'到底是谁了。"

"啊?"晓晴叫道,"你在说什么?'秋天的向日葵'不就是撕毁测验卷的人,张俊斌吗?"

"不!"小岚望着目瞪口呆的陈诺行,"如果我猜测没错的话,'秋天的向日葵'的真正身份,是倪佩欣!"

第7章

错误的正义

倪佩欣和另外三人,现正身处于培进中学的电脑教室里。

这三个人分别是陈建伦、赖雪玲和韩光辉。

"好吧,我真不明白,"陈建伦站在教室一角,不满地跺着脚,"你这么急把我们叫到这儿来,到底是为了什么事?我待会儿要去打篮球呢!"

"请再等一等,"只见倪佩欣坐在一部电脑前,双手不停地在键盘上输入着文字,"等到张俊斌来到后,我们就可以继续了。你知道,他住得比较远。"

"我不明白,继续些什么?"赖雪玲不耐烦地坐在一张

认识真正的自己

桌子上,"你说你有一件很重要的事要宣布,我们才来的。如果你现在不说的话,我们就走了。"

"求求你们了。"佩欣从电脑屏幕前抬起头来,"这件事真的很重要,我保证,不会浪费你们很多时间。"

"你从刚才开始,就一直不知道在打什么,"陈建伦说着好奇地走上前去,"你到底在干什么啊?"

"嘿!"佩欣忙把电脑屏幕转了个角度,神秘地笑着,"关于这个,你们暂时不能看,不过,再等一会儿,你们就会知道了。"

这时一直没说话的韩光辉开口了:"你要说的事,不会是和一年前那件事有关吧?"

只见赖雪玲和陈建伦对望了一眼,然后又一起望向倪佩欣。

"可以这样说吧。"佩欣耸了耸肩。

韩光辉皱着眉头说:"我不是已经说了吗,我们没有撕毁王志杰的试卷!到底要我们说多少次,你和你的几个侦探朋友才会明白?"

"是的,'你们'并没有撕毁王志杰的试卷,我很清楚,你们三个人并没有这样干。"佩欣笑道。

"等等!"陈建伦喊道,"你这是什么意思?你不会是指……"

说来也巧，就在这个时候，张俊斌刚好打开了电脑教室的大门，走了进来。

"嘿！我来了。"他表情轻松地说，"好了，佩欣，这么一大早叫我们来这儿，到底是为了什么事啊？"

佩欣站了起来，笑眯眯地望向张俊斌，说："不就是为了向大家宣布，你就是那个逼得王志杰几乎要自杀的人嘛！"

听了这话后，在场所有人都怔住了，一言不发。

过了好久，张俊斌才僵硬地笑了笑："喂，等等，这是在开什么玩笑？"

"我可不是在开玩笑。"只见佩欣的表情突然变得无比严肃，"陈诺行已经告诉我了，她亲眼看见，你在那天放学后，偷偷把王志杰的试卷撕毁了！"

"陈诺行？"张俊斌惊讶地重复着这个名字。

她真的亲眼看见了自己的所作所为？这怎么会！张俊斌这样想着。对了，那脚步声，在他破坏试卷后，曾听见教室外的走廊上传来了急促的脚步声，难道，难道那就是陈诺行？

"是她？她什么都看见了？"张俊斌喃喃道。

认识真正的自己

"这么说,真的是你?"韩光辉厉声问道,"真的是你撕毁了试卷?"

"我……"张俊斌望向自己的三个朋友,"我只是一时气愤。我本来只是不服气,想回学校去再骂他几句。但当我看见他离开了教室后,一个突然的想法便钻进了我的脑子中,所以我……"

"所以你就把他的试卷撕碎?"赖雪玲激动地说,"你知不知道这样做会有什么后果?你差点令王志杰自杀!"

"我怎么会知道!"张俊斌一脸痛苦地说,"第二天当我听说发生了什么事后,我立即就后悔了!我本来想去找老师认错的……不过,不过我最后还是没胆子,便把这件事瞒了起来。"

"唉,你啊!"就连陈建伦也叹着气道,"真是个胆小鬼,有胆子做、没胆子承认,最后还把大家都拖进了水中。"

"我真的知道错了!"张俊斌喊着,"当我知道自己的行为对王志杰造成什么伤害时,我真的希望去补偿他,但那件事发生后,他便一直没有来上学,之后还退学了,我就连写一张匿名道歉信给他的机会也没有。"

其他人还想说什么,倪佩欣便开口了。

"你想作出补偿吗？现在便有机会了。"她说，"现在，你应该把自己的所作所为告诉全世界，然后公开向王志杰道歉！"

张俊斌听后，支支吾吾地说："我……我不……"

"你不敢是吗？"倪佩欣骂道，"我就知道你是这种胆小的人，既然你自己没胆承认，就让我来帮帮你吧！"

说着，她把电脑屏幕转了过来，面向其余四人。

张俊斌一看，便大惊失色。

只见屏幕上的，是一个浏览器窗口，网址是一个香港著名的讨论区。目前所显示的，正是"发表新话题"的页面。

而在标题那行上，被输入了一行刺眼的话：无耻恶霸逼自闭症学生自杀，事后完全没有受到谴责，请把这个话题转载出去，还受害者一个公道！

至于内文，则详细地说明了一年前那件事的前因后果，强调了欺凌者的所作所为，和受害者所受到的严重伤害。而最重要的是，文章中毫无保留地说出了张俊斌的名字，所就读的学校，和其他个人资料！

可想而知，当这篇文章被发表到讨论区后，张俊斌会受到多少人的指责。

这简直就是一场法律以外的公审。

认识真正的自己

"天啊!你不能这样做!"张俊斌大喊,"请你放过我吧!你知道网络有多大的影响力,这样下去,我就会成为全民公敌,不可以再留在地球上了。"

"这正是你应得的报应!"倪佩欣厉声道,"只要我按下这个提交按钮,你的行为、你的人品,就会被全香港、全世界的人知道得一清二楚!"

"不要!求求你了!"张俊斌哀求着说,"你这样做会毁了我的!前一段时间,我下定了决心努力读书,成绩已经进步了不少。下个学期,我还打算转到更好点的中学就读!你这样做的话,那学校还会要我吗?"

"哼,你的事被大家知道后,你在培进中学还能不能待下去都是问题。"倪佩欣一脸鄙视地说,"转到名校去?你就别做梦了。"

"佩欣,你这样做,似乎过分了点。"这时,韩光辉开口了,"张俊斌他虽然犯了错,但却不至于要受到这样严重的惩罚。你能不能放他一马?"

"是啊!"赖雪玲也替他求情道,"人家也知道错了,就算了吧。"

"算了?"佩欣大声质问道,"他差点让一个无辜的人自杀!这是一件可以随随便便就忽略的事情吗?他声称自己后悔了,只是嘴上说说而已,根本就没有负上任何责任!这就可以算了?让大家知道他的错误,又有什么问题?"

"唉,这个……"陈建伦劝道,"让我们去找王志杰,让俊斌亲自向他道个歉,不就行了吗?你这样把事情弄大,有什么意义呢?"

"不,这样当然不够,"倪佩欣摇着头,"我可不能让他逍遥法外,但既然王志杰的父母不打算追究,所以法律也就无法惩罚张俊斌了,那么,唯一能惩罚他的,就是网上民众的口诛笔伐。我这样做也是被逼无奈。"

"请……不要……"这时张俊斌已经急得快哭了。

"这是你自己的错!"倪佩欣说,"你必须为自己所做的一切负上责任,所以,你是罪有应得!"

说着,佩欣便准备按下鼠标的按钮……

"等等!"

倪佩欣回头一看,只见小岚、陈诺行、晓晴和晓星四人,不知何时已经站在电脑教室的大门口了。

"哦,你们来得正好。"佩欣微笑道,"张俊斌已经承认了一切。我正要把他的劣行发布到网上去呢!"

"请等一等,"只见小岚说,"在这之前,我们还有一笔账要算。"

认识真正的自己

"嗯?"佩欣奇怪地说,"我不明白你在说什么?"

"我想你明白的。"小岚走进电脑教室,"我是指你之前对陈诺行所做的事,倪佩欣,又或者应该说——'秋天的向日葵'。"

*

听见小岚的话,佩欣并没有什么激烈的反应。

"这么说,你们已经知道了。"她别过脸去,望向电脑屏幕,"这也没关系,反正你们迟早都会发现,'秋天的向日葵'并不是张俊斌。我只是不明白,你们为什么会这么快知道?"

"天网恢恢,疏而不漏。"小岚对她说,"第一,陈诺行曾说,'向日葵'前往旺角地铁站只需要十分钟车程,就是因为这样我们才会找上你。开始的时候,我们以为'向日葵'参考了你的网络日记,所以才会知道这一点。但实际上,在你的网络日记中根本就从未提过类似的事,也就是说,'向日葵'的家离旺角地铁站的确只有十分钟车程——而你本人符合这一点。"

"这也说明不了什么,"佩欣扬了扬眉,"很多人都符合这个条件。"

"第二，"小岚继续道，"我仔细看过诺行和'向日葵'以前的对话记录，我感觉'向日葵'的话，字里行间都透露出这是一个心思细腻的人，这和张俊斌的性格完全不符，甚至和赖雪玲、陈建伦两人也对不上号，所以我才认为'向日葵'如果不是韩光辉的话，就一定是倪佩欣你。"

"就只有这些理由吗？"佩欣轻蔑地说。

"第三，你在昨天早上，和我们一起做曲奇时，你看见晓晴所做的明星样子的曲奇后，曾说过一句'你可别诋毁人家的偶像'。既然你说是'人家'，自然就不是指自己了。你并不熟悉我、晓晴和晓星三人，所以你只可能是指陈诺行。你们虽然是同学，但一直以来都和她不熟，又怎么可能知道她喜欢哪个明星？而根据对话记录，'向日葵'本人对这一点却知道得清清楚楚。所以，这就说明，你就是'向日葵'。"

佩欣叹了一口气。

"好吧，我的确欺骗了陈诺行，以'向日葵'的身份接近她，试图向她套话，希望她把破坏试卷的人告诉我。"

陈诺行望着倪佩欣，心如刀割。

"这么说，当我们跑上门来找你时，其实是找对了人？"

认识真正的自己

晓星大叫，接着又自言自语地小声道，"这下我可要洗三个月厕所了。"

"你为什么要这样做？"晓晴质问佩欣道，"你为什么一定要用这种过分的方式来哄骗她？"

佩欣听后，猛然喊道："别说得我是个罪人似的！我又有什么办法？只有用这个方法，我才能知道撕毁试卷的人是谁！才能主持正义，让他得到应有的惩罚！你以为我真的很想去骗一个女孩子的感情？我只是逼不得已！"

"你怎么会知道陈诺行目睹了那件事？"小岚这时问。

"那天，当我离开学校后，我亲眼看见陈诺行急急忙忙地跑回学校去。"倪佩欣说，"当那件可怕的事情发生后，我才意识到，陈诺行返回学校的时间，正好和试卷被撕毁发生的时间一样！当然，我肯定这件事不会是陈诺行干的，只可能是那四个人之一，但陈诺行说不定会看见什么——她说不定会看见撕毁试卷的人是谁！"

佩欣接着说。

"之后，我把这件事告诉了我们的班主任。而班主任也曾经把陈诺行叫到办公室去，向她询问过这件事。但结果却令人失望，陈诺行她，一句话也不肯说。但我肯定，她一定知道犯事者的身份，她只是不想说出来而已！"

"所以，你就通过网络来套她的话？"小岚问。

"在事情发生后，我一直都在暗中进行调查，想知道撕毁试卷一事，到底是谁的所作所为，但一直都毫无进展。"佩欣回忆道，"而破案的唯一办法，就是从陈诺行口中把那个名字问出来，但她平时连话也不跟别人说一句，我又应该从何下手呢？直至有一天，陈诺行要转校了，同学们都循例和她交换填写了纪念册，当我看见了她所填的聊天软件的用户名后，我便有了主意！要知道，我曾经在一份科普杂志上，看过和选择性缄默症有关的症状，患有这种病的人，虽然害怕说话，但要他们通过间接的方式来和别人接触，却一点问题也没有。也就是说，通过网络对话的形式，我或许就能暗中向她套话了。"

"于是，我在准备好一切后，便开始以'秋天的向日葵'的名字，和陈诺行成为朋友。"佩欣继续说了下去，"为了不让她怀疑，我还刻意制作了和'向日葵'有关的博客等个人网页，让这个身份看上去更真实；同时，我也一直努力地克制着，小心翼翼地避免提及和那事件有关的话题。直到很久以后，她对我完全信任后，我才终于装作不经意地问，她有没有目睹过同学被别人欺负。我甚至不指望她会把名字说出来，我只需要知道对方是

认识真正的自己

男是女、是高大还是瘦小、是不是一个沉默寡言的人……这样就足够了。但让我无比失望的是，陈诺行她根本就不愿说这个话题，就连提也不愿提！于是，我只好放弃了，便把所有和'向日葵'有关的资料删除，然后无声无息地消失。"

倪佩欣说着望向小岚。

"我本来以为，没人会知道'向日葵'的真正身份。虽然我的一切对话都取材于自己的网络日记，但这些网络日记都储存在学校的网页中，只有本校学生才能看，而陈诺行已经转校，是不可能看见的，也自然无法查出'向日葵'和我有什么关系了。但想不到，她却找上了你，而你也竟然如此神通广大，仅凭几句记忆中的对话，就找出了'向日葵'的住址！当你们突然出现在我的家门前时，我真的惊讶得说不出话来！"

"不过，你却成功地让我们认为，'向日葵'另有其人。"小岚说。

"是的。"倪佩欣苦笑道，"你的脑筋转得很快，但我的脑筋也不差。我迅速想到了一个两全其美的方法——既能把你们的注意力引开，同时也能让你们帮我找出破坏试卷的人是谁。我知道你是个有名的侦探，以你的能力，说不定能在我失败的地方成功。于是,我坚持自己不是'向日葵',声称有人在利用我的网络日记来欺骗陈诺行,把你们的怀疑引到这四个人身上,并引导你们相信,这个破坏试卷的人,和骗陈诺行的是同一人。"

"你还假装不相信这四人和那件事有关。"晓晴皱眉道,"演技不错嘛。"

"谢谢。"佩欣毫无表情地回答,"于是,我便和你们一起进行调查,离真相也一步一步越来越接近了。最后,你们甚至从保安的口中问出,陈诺行那天曾回过学校来,知道她很可能看见撕毁试卷的人是谁!我本来想,这一次,在这么多人的追问下,她肯定会说出来了吧。没想到,她却仍然不肯说!同时,调查的工作也并不顺利,我们无法通过不在场证据排除出真正的犯事者……眼看就要失败了,我便再也忍不住,决定孤注一掷!"

"于是,你再次以'向日葵'的身份上线,并假装成犯事者!"小岚说。

"是的,我没有其他方法了。"佩欣望着陈诺行,"尽管这样会伤害你,那也是没有办法的事,我必须逼你说出来。我把自己假装成撕毁试卷的人,并表现得毫无悔意,让你下决心把名字说出来。"

"而你也成功了。"晓晴有点替陈诺行不值,"你成功软硬兼施,让陈诺行把那个人的名字告诉你。你的目的达到了!"

"我的目的?"佩欣一脸错愕的样子,"什么叫'我的目的'?难道这一切都是为了我自己吗?我这是为了公理!张俊斌他做出这样的事,就应该受到惩罚!"

"即使这样会伤害一个女孩子的心灵,也没问题吗?"小岚皱着眉头道。

"没问题!"佩欣喊,"这是为了让正义得到伸张!老实说,陈诺行她不肯把犯事者的名字说出来,难道也是对的吗?她这样做,对王志杰不公平,也对大家的知情权不公平!我只是做我应该做的事而已!"

听了她的话,众人一时无法反驳,都沉默了。

"我只是……在做我应该做的事。"佩欣小声地重复道。

没想到这时,陈诺行却开口了:"你错了。"

"什么?"佩欣不敢相信自己的耳朵,"我错了?"

"是的,你错了。"陈诺行往前站了一步,"你错了……你这是错误的正义。"

错误的正义

*

"你说我错了,到底是什么意思?"倪佩欣惊讶地问,"难道张俊斌没有把试卷撕毁吗?难道他不应该受到惩罚吗?"

"破坏试卷的人的确是他。"陈诺行承认道。

"那就对了!"

"但是,不应该让他一个人去承受惩罚。"诺行补充道,"或者说……我们不应该把一切都归咎于张俊斌。"

"我不明白!"佩欣喊道,"为什么不应该归咎于他?"

"我……"陈诺行说着停了下来,她咬着嘴唇,似乎无力再说下去了。

但是她必须说,她必须把原因告诉所有人!她必须说!

于是,她鼓起了勇气,喊了出来:"是的,我们不应该把这一切都归咎于张俊斌。虽然……虽然他是直接撕毁试卷的人,但是,这件事不是他一个人的错,错的是我们所有的人!"

"错的是所有的人?"佩欣一脸难以置信,"你……"

"请让我说下去!"陈诺行阻止道,"如果我现在不说,那就可能永远都没有勇气把话说完。是的,王志杰的悲

认识真正的自己

剧之所以发生,并非张俊斌一个人的责任,事实上,所有人都要负责!去年发生那件事时,如果其余的三人,陈建伦、赖雪玲和韩光辉,不是把欺负王志杰当成一件寻常事,张俊斌又怎么会有胆量撕毁试卷?如果陈建伦不是对考了好成绩的王志杰冷嘲热讽,又怎么会引起教室里那场误会?

如果赖雪玲能一早表达出自己的个人意见,制止其他人欺负王志杰,结果可能就会完全不同!甚至是

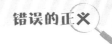
错误的正义

佩欣你，如果你当初没有坐视不理，自顾自清洁教室，而是主动上前劝阻，或者在看到王志杰哭的时候去说些安慰的话，这一切可能根本就不会发生！"

在场的人听后都愣了。

"这样说好像是在推卸责任，但这是事实。"陈诺行继续道，"我作为一个患有类似疾病的人，对王志杰的遭遇可以说是非常理解。自然，那些主动欺负我们的人很

认识真正的自己

可恨,但同样,班里那些对我们避之则吉的人、那些在背后笑话我们的人、那些当我们不存在的人和那些对欺负行为睁一只眼闭一只眼的人,难道就不可恶吗?虽然这些人没有直接欺负我们,但却也在无意中,把我们隔离在他们的群体之外,让我们变得越来越孤单、变得越来越不受欢迎。就是因为这样,那些欺负我们的人,才会更加肆无忌惮!难道那些忽略我们的人,对此就一点责任都没有吗?"

诺行一番话,说得所有人都垂下了头,就连小岚他们三人也不例外。

诺行说得对啊。小岚想,尽管在和陈诺行成为朋友之前,自己并不属于欺负她的那一小部分人,但对于帮助陈诺行融入班级之中,她又做过什么呢?她自己也曾经有意地避开陈诺行,避免和她接触;而当别的同学在背后笑话陈诺行时,她也没有去阻止;然后在为口头报告分组时,美宝老师问有没有人愿意让陈诺行加入,她也没有主动接纳……

是的,小岚她从没有欺负过陈诺行,但这样就足够了吗?要不是陈诺行主动来找她帮忙,她甚至永远都不会和她说上一句话!

她认为自己没有欺负别人,但忽略和无视不也是欺负的一种吗?

王志杰，正是由于同学们的无视，才会越来越孤独。别人的欺负只是一个导火线，王志杰在遇到委屈后，没有任何人能安慰他、鼓励他，才是导致他崩溃的主要原因。

如果同学们都主动站在他的那一边，那些人就会意识到，欺负他只是在自讨苦吃；如果王志杰知道有很多人爱自己、支持自己，他也不会在试卷被撕毁后，随便就产生轻生的念头。

所以，陈诺行才会说，使王志杰企图自杀这个责任，不能完全归咎在张俊斌身上。

"就是因为这样，我才一直都不肯把张俊斌的名字说出来。因为，我不能让他一个人承担这个罪名！"陈诺行说，"旁观者遇见这种事，只懂得指责、只懂得谩骂、只懂得宣泄自己的不满，他们根本就不会仔细想想，其他人是不是也有责任？自己是否也有责任？老实说，即使是我，对此也得负上一部分责任！"

陈诺行自责的话让大家吃了一惊，全都惊讶地看着她。

"可能大家不知道，在那一天，张俊斌在撕毁试卷之前，其实曾经犹豫了好一会。好几次，他拿起试卷要撕，但又放下。如果这时候，我有勇气上前阻止他，那么这一切，也就不会发生了！但我却胆小怕事，不敢声张，结果让张

认识真正的自己

俊斌做出这个让他自己也后悔莫及的行为来！"陈诺行说着，流出了自责的眼泪。

"所以……"陈诺行突然望向倪佩欣，说，"如果你要把张俊斌的行为告诉所有人的话，请把我的责任也加上去！我也间接地导致了这件事的发生！"

倪佩欣听了她的话，一句话也说不出来。

"也请把我的责任加上。"赖雪玲也把手举了起来，"我也有欺负王志杰。"

"也算上我吧。"陈建伦不好意思地说，"那天下午，正是我主动去挑衅他，这全是我的错。"

"我也是。"韩光辉也举起了手，"如果我没记错的话，班里最早是我带头笑话王志杰的，是我把对王志杰的偏见传播给其他人。"

倪佩欣望了大家好一会，最后低下了头。

"是的，大家都有责任。我也一样有责任……在事件发生前，我从没有理会和关心过王志杰，就算他被人欺负，我也袖手旁观。到了他真的出事了，差点自杀身亡，我才以维护正义的姿态要找出犯事者，这实在是太虚伪了！我根本就没资格……我根本就没这个资格。"佩欣用力把电脑关上，然后趴在桌子上哭了起来。

错误的正义

"对不起……对不起……"佩欣一边哭,一边说,"我竟然因为这种虚伪的正义,不惜去伤害诺行……诺行,我,我对不起你!"

只见陈诺行走上前去,把手放在佩欣的肩上。

"那……我们还会是朋友吗?"陈诺行慢慢地道。

佩欣猛地抬起头来,不敢置信地说:"你……还要和我做朋友?"

陈诺行擦去眼泪,笑着点了点头。

"当然。但这一次,请不要再用'向日葵'的身份了,"她说,"我,希望能认识真正的你呢。"

一直没吭声的晓星,这时说了一句:"今天,我有一个惊人发现!"

众人的目光一下都落到他身上,眼神表达出来的都是同一句话:"什么惊人发现?"

晓星用手指着陈诺行:"诺行口才太好了!"

噢,众人这才醒悟过来。是呀,刚才诺行说了那么多话,一点没有停顿,一点没有结巴,而且有理有节,很有逻辑、令人信服……

认识真正的自己

第 8 章

让人刮目相看的陈诺行

不长不短的假期终于结束了,今天是返校的第一天。

说来也巧,这天的第一节课是美宝老师的中文课。上课铃打响后,大家都一脸愁容的,为即将到来的口头报告进行最后准备。

噢,对了,今天要做口头报告呢。

只见美宝老师准时来到教室,站到讲台上,兴高采烈地说:"各位同学,这个假期过得开不开心啊?不过,希望大家没有开心得连口头报告都忘了做哦。现在,让我们开始吧!第一组上来报告的是谁?有人主动请缨吗?请举手!"

让人刮目相看的陈诺行

大家听后,都纷纷把双手藏起来。

"好吧,如果没有人愿意的话,我只好点名喽……"美宝老师的话还没说完,便看见小岚举起了手来,"哦,太好了,就由小岚那一组开始讲吧。"

在同学们的注视下,小岚、晓晴、晓星和陈诺行一起,走到了讲台上。

美宝老师把一支麦克风交给小岚。

但出乎所有人的意料,小岚接下来却把麦克风递给陈诺行。

这实在是太难以置信了。众所周知,陈诺行从来都不是一个喜欢说话的人……不,应该说,班里大部分人连她的声音都没听过。让她负责做口头报告?这根本不可能吧?

看见台下的人议论纷纷的样子,陈诺行小声地对身旁的小岚说:"我……我不知道,我真行吗?我是指,我从没在这么多人面前讲过话呢!"

小岚看着她的眼睛,小声说:"我相信你一定能办得到的。还记得那天吗?你一口气说了那么多都没问题。所以,尽管放心试一试。鼓起勇气,我和晓晴、晓星给你保驾护航。"

陈诺行望着小岚,点了点头。

接着,她举起麦克风:"大……大家好,今天我们

认识真正的自己

要谈论的主题是论互联网对我们生活的影响。嗯,接着……我……"

说到这儿,她停了下来,望着手中的讲稿发呆。

"我……"看着台下的同学们,她只感到越来越害怕,半分钟都说不出一句话来。

晓晴向前走了半步,但立即就被小岚阻止了。

"再给她几秒钟,"她小声说,"我们要给她一个机会……"

只见陈诺行这时闭上了眼睛,深深地吸了一口气。

接着,她便再次开口了。

"我们的生活已经少不了互联网了。无论是聊天、看新闻、交朋友、搜集资料还是买卖商品,很多情况下,我们都会在互联网上进行……"

陈诺行滔滔不绝地说了下去,只见同学们的嘴巴越张越大,有的人差不多连下巴都要掉在桌子上了。他们不敢相信,一个以前连说两个字都面红耳赤、结结巴巴的女生,怎么竟然在一个假期之后,发生了那么大的变化?

这一点,陈诺行自己当然明白——她成长了。每一个人的生命中,都有一道难以跨越的障碍,有的人,毕生都在障碍前徘徊;但是,有的人却勇敢地踏出第一步,冲过

认识真正的自己

障碍,终于看见了另一片崭新的天地……而她,现在已经成了勇者之一。

"……所以,在可见的未来,互联网将会更进一步,成为我们生活中不可分割的一部分。固然,互联网对我们也有负面影响,例如像之前所说的,会让很多人沉迷其中;但是,只要掌握好上网时间,拒绝那些不适当的内容,并保持一颗乐观的心态,我相信互联网对我们生活的影响,一定会是正面的。"

陈诺行说完后,紧张地望着台下的同学们。

大家都已经被惊呆了,此刻都呆若木鸡地盯着台上的人。简直让人刮目相看啊!

过了好一会儿,陈诺行才像忘了什么似的,补充道:"哦……忘了说,我已经报告完毕,谢谢大家。"

她的话刚说毕,大家终于反应过来了,连忙拍起手来。

只听见台下的掌声就像雷鸣一般。

陈诺行开怀地笑了。是的,她成功越过了障碍。不过最早的那一步,她其实早就已经踏出了——主动去找小岚帮忙。由于她敢踏出这一步,她最终也找回了自己,还找到了几位好朋友,也让身边的许多人重新反省自己。

也因此,她的生活彻底被改变了。现在,她已经不害怕在别人面前说话。虽然,她可能不会因此而立即获得很多友谊,不过,这也没关系,因为在她的背后,已经站着几个真诚的朋友了。

不是吗?

认识真正的自己

第 9 章
一宗令人费解的案件

"小岚姐姐,快来呀!我们家发生了重大案件!"周末,睡懒觉刚起床不久的小岚,接到了晓星的一个电话。

本来还在迷糊中的小岚马上精神抖擞:"我马上来!"

晓星和晓晴两姐弟一大早和家人出外饮茶,刚回到家便发现晓星的房间乱糟糟的,仿佛被人翻了个底朝天。不过比较奇怪的是,房间内并没有什么大的损失,唯一不见了的,是属于晓星的一个机器人模型。

"那个小偷就仅仅偷了一个机器人模型?"赶来查案的小岚皱着眉头说,"我想小偷要不是有超级大近视,就是个超级模型粉丝。无论如何,竟敢在我这个大侦探的好朋友家中犯案？这小偷也好大的胆子！"

于是小岚拿出放大镜，在房间中四处仔细搜寻蛛丝马迹。最后她在另一个机器人模型身上发现了一根短短的毛发。

小岚小心翼翼地用镊子把毛发夹了起来："嗯，这似乎是一根棕色的头发，和晓星你或者晓晴的头发颜色都不一样，肯定属于那个闯入的小偷。"

"噢！我猜这小偷肯定是我经常光顾的模型店的老板。"晓星惊叫道，"他染了一头棕色的头发，而且样子看起来凶神恶煞的，我早就知道他并非善类……"

晓晴歪着头，问道："可是他为什么要来偷你的模型？他店里有的是啊！你这推断完全不合理。"

"可惜我们已经没有其他的线索了，现在暂时只好循着这个线索追查下去。"小岚摸着下巴想了想，"如果只有一根头发的话，我们唯一能做的，就是进行DNA鉴定了。"

"DNA？"晓晴疑惑地问，"这名字我倒是听过不少次，但为什么DNA鉴定可以帮助我们找出小偷呢？"

"嗯，DNA的中文名称叫脱氧核糖核酸。"小岚解释道，"由DNA所组成的一连串分子就叫基因组，这是组成我们每个人的基本'编码'呢！而除了同卵双胞胎之外，每个

认识真正的自己

人的基因组都有不同的顺序。当我把这根毛发样本交给实验室后,他们就会提取出头发中的DNA样本,进行培植和复制,然后利用仪器分离出基因片段。通过分析这些基因片段的排列顺序,并和嫌疑人的基因样本对比,只要两者的对比结果相同,那么就可以肯定嫌疑人是谁了。不过,DNA测试要花很长时间呢,所以我们最好做好漫长等待的准备……"

不过没想到,在小岚把毛发通过胡督察寄给相应的实验室后,才过了一天,报告便被寄了回来。小岚打开报告一看,顿时目瞪口呆……

"怎么了?"晓星、晓晴忙问,"报告上写了什么?"

只见小岚一脸啼笑皆非的样子,说:"这上面只写了一句话:'小岚小姐你开什么玩笑,为什么把一根猫毛寄给我们做DNA鉴定?'"

这下他们三人才知道,之前偷走晓星模型的,原来是隔壁邻居家那只经常到处游荡的棕色胖猫……

什么时候猫也喜欢玩机器人了?

真令人费解。